BANKA LE JAVANAIS

3ᵉ SÉRIE PETIT IN-8ᵉ.

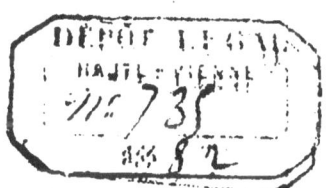

Propriété des Éditeurs.

BANKA
LE JAVANAIS

UN HÉRITAGE EN AUSTRALIE

PAR

MICHEL AUVRAY.

LIMOGES
EUGÈNE ARDANT ET Cⁱᵉ, ÉDITEURS.

UN

HÉRITAGE EN AUSTRALIE.

CHAPITRE PREMIER

Il est difficile de rencontrer une campagne plus pittoresque et plus fertile que la plaine de Meredith. Tout le monde irait la visiter quand la vigne est en fleur et le froment épié, quand la luzerne rose couvre le sol, et le jasmin grimpant les jolis cottages anglais, si cet heureux coin de terre n'avait le double inconvénient d'être situé presque à nos antipodes, et d'avoir pour proches voisins les pays de la faim et de la soif, les solitudes inconnues, le désert enfin avec ses horreurs.

Car Meredith se trouve dans le district de Victoria, en Australie, au-delà du tropique du Capricorne.

Par une journée d'octobre riante et fleurie, — dans la Nouvelle-Hollande, l'été commence quand notre automne finit, — trois voyageurs, montés sur de vigoureux chevaux, traversaient le village de Meredith, qui a donné son nom à toute la plaine, et se dirigeaient en droite ligne vers le désert.

Ces gens, qui voyageaient de compagnie, n'avaient entre eux aucune ressemblance, et l'on ne voyait point tout d'abord ce qui avait pu les réunir. L'un était un jeune homme — un enfant plutôt — qui comptait à peine seize ans accomplis. Il portait un costume simple et soigné, il s'exprimait en anglais avec facilité ; mais pour converser avec ses compagnons, il employait la langue française, qui était évidemment le premier idiome qu'il avait appris à bégayer.

Le second voyageur, avec son teint couleur de suie, ses mâchoires proéminentes, ses lèvres épaisses, appartenait à la race prognathe, et descendait des sauvages Australiens que la civilisation a refoulés dans l'intérieur des terres.

Le troisième, grand et beau garçon de vingt-cinq à vingt-six ans, avait le costume, les traits, le langage du paysan français, et son accent, son parler, certains détails de sa toilette, indiquaient qu'il était originaire de la Bourgogne.

Le passage de ces voyageurs n'excita, à Meredith,

ni étonnement ni curiosité, car depuis quinze jours les routes étaient sillonnées de convois.

On venait de découvrir—ceci se passait en 1851 — à une soixantaine de milles de Meredith, des mines d'or qu'on croyait inépuisables, et plusieurs milliers d'hommes s'étaient déjà précipités dans ce nouvel Eldorado. Presque tous les Européens sans emploi, qui habitaient Melbourne et Adélaïde, avaient accouru les premiers.

C'est pourquoi personne ne se dérangea pour ceux-ci dans le paisible village. Quelques vieillards, assis sous les treilles, saluèrent poliment; des commères, qui se promenaient de cottage en cottage avec leur baby sur le bras, prononcèrent le mot diggers — mineurs — en haussant les épaules; des enfants, qui se roulaient dans la poussière au milieu de la route, ne jugèrent point à propos de se déranger, à l'exception d'un gros garçon joufflu, qui essaya de se hisser sur l'un des chevaux.

— Jacky, Jacky, lui cria une femme qui causait avec sa voisine, venez ici, Monsieur. Il ne faut point courir après les diggers, comme si vous aviez envie de les suivre jusqu'à Ballarat, ni les regarder avec cet air d'admiration. Ce ne sont point des gens à prendre pour modèles. Ce qu'ils vont faire n'est déjà pas si glorieux. Il y a, Dieu merci, d'autres métiers que celui de déterrer des nuggets, et ceux qui sont honnêtes ne vont pas chercher de l'or dans les petits creux, ils le gagnent par leur travail. Sachez-le bien, Jacky, si vous preniez jamais la pioche pour aller aux mines, votre maman Lizzy mourrait de chagrin.

— Qu'est-ce donc que dit cette bonne femme, M. Maxime? demanda en français le paysan bourguignon, au plus jeune des trois voyageurs.

— Elle suppose que nous allons à Ballarat, repartit Maxime, et comme son fils paraît avoir envie de nous suivre, elle cherche à l'en dissuader.

Mais, Claude, ajouta le jeune homme, ne trouvez-vous pas que voici un bien joli village?

— Bien joli, Monsieur? Cela dépend des goûts; ce que je puis en dire de mieux, c'est qu'il ressemble singulièrement au hameau que nous habitions de l'autre côté des mers. Ce n'était point la peine de faire le tour du globe pour retrouver ici ce que nous avons laissé à Saint-Albin. C'est qu'on se croirait vraiment en Bourgogne ! Des blés , des vignes, des prairies! Et de petits jardins avec des fèves en fleur, des choux pommés, et les langes des enfants étendus sur la haie! Qui eût cru revoir tout cela dans ce nouveau monde , que vous m'aviez représenté si étrange, si biscornu? Vous souvenez-vous , M. Maxime , de tous les récits que vous m'avez faits? Vous rappelez-vous qu'il y a un an, jour pour jour, vous me disiez sous la cépée au bout de la grande vigne : « Claude, dès que j'aurai seize ans , je partirai pour..... l'autre... Asie. On me l'a promis, et mon oncle le squatter m'attend avec impatience. Il faudra venir avec moi. C'est ce que vous pouvez faire de mieux. Ici, on travaille beaucoup pour gagner le pain de la journée; là-bas, tous les émigrants deviennent millionnaires. »

Vous savez, M. Max, que je vous ai arrêté sur ce dernier mot pour vous dire : « Tope! affaire conclue. Nous partirons ensemble. » Et depuis ce moment, de quels récits, de quels contes ne m'avez-vous pas bercé? je crois vous entendre encore : « Claude, disiez-vous, cet autre monde est un pays unique, vous ouvrirez de beaux yeux en le parcourant. Figurez-vous une terre merveilleuse, où chaque chose est la contre-partie de ce que vous voyez ici. Là, les choux croissent au sommet d'un arbre qui a cinquante pieds de hauteur. Les animaux à quatre pattes pondent comme nos poulardes de Bresse. On y voit des bestioles qui ont des poches pour renfermer leur petite famille et généralement tout leur avoir. Il y a des chiens — ou quelque chose d'approchant — qui se servent de leur queue pour marcher. Et des sauvages, avec des bijoux au nez, et une coiffe de plumes sur leur crâne sans cheveux. Presque tous les oiseaux parlent mieux que nos avocats, ou du moins ils peuvent parler étant de la famille des perroquets..... » Mon Dieu, M. Maxime, m'en contiez-vous de ces folies! Moi j'acceptais tout comme paroles de vérité. Je ne rêvais qu'à cela. J'en avais la tête tournée. Enfin

vous atteignez vos seize ans; votre oncle — celui
d'ici, d'autre Asie, — écrit lettre sur lettre à votre
oncle de Saint-Albin, pour le supplier de vous
laisser venir. Il lui disait qu'il se faisait vieux,
qu'il était mal portant, qu'il voulait vous embrasser avant de mourir et vous léguer toute sa fortune.
Votre bon oncle de Bourgogne vous trouvait un peu
jeune pour aller si loin; il hésitait, il ne répondait ni oui ni non. Comme vous m'aviez mis de
votre bord, je lui répétais sans cesse : «Mais, M. Derval, laissez-le donc partir. Que peut-il lui arriver
de fâcheux? Je serai là, je veillerai sur lui. Voulez-
vous l'empêcher de recueillir la succession de son
oncle? Il est orphelin, il a trois petites sœurs et
aucun bien. Vous n'ignorez pas que cet héritage
est l'unique ressource de ces pauvres enfants. »
— Enfin, tant fut dit, tant fut procédé, que l'oncle
nous donne sa bénédiction, notre passeport, et nous
partons...

— Est-ce tout? interrompit Maxime en sou-
riant.

— Non, Monsieur, laissez-moi dire. Nous partons et vogue la nacelle. La traversée nous paraît
longue. Pourtant, après bien des tracasseries et des
micmacs, nous faisons notre atterrissage. Vous me
criez : « Claude, voici la terre promise! » Je m'écar-
quille les yeux, je regarde partout, qu'est-ce que
vois? Des villes, des églises, des hôtels, de bel.
maisons, des édifices, des promenades, des maf

ins comme à Mâcon, comme à Dijon, des jardins,
des prés, des champs, des rivières, tout ce que
nous avons quitté. C'est au point que si vous ne
me disiez : « C'est l'autre Asie... » je vous dirais :
C'est la Bourgogne. Car, je vous le demande,
M. Max, où sont les choses curieuses dont vous me
parliez? Où les marsupiaux, autrement dit bêtes à
poches? Où les animaux à quatre pattes qui pondent comme nos fauvettes! j'ai bien vu des nègres,
par-ci, par-là, mais ils sont aussi civilisés que des
bourguignons, et mieux vêtus que les rentiers de
chez nous. Ils font la cuisine en perfection, —
vous disiez qu'ils se nourrissaient de fourmis, —
ils connaissent tous les métiers, et ils parlent trois
ou quatre langues, ainsi que peut le prouver notre
ami Fred ici présent, ajouta Claude en désignant le
nègre.

— Ui, ui, cria Fred qui écoutait sans comprendre
et riait sans désemparer.

Maxime sourit aussi reposant la main sur le bras
de son ami.

— Patience, Claude, dit-il, patience, nous approchons.

— De quoi, Monsieur?

— De l'autre Asie, comme vous dites.

— Eh quoi, Monsieur! Mais depuis notre arrivée
à Melbourne...

— Melbourne, Sydney, Adélaïde, ne sont point
l'Australie, c'est-à-dire le monde inconnu, le nou-

veau continent dont il est parlé dans les ouvrages
de Cook, de Banks, de Byron, de Dumont-d'Urville.
Tout le littoral est devenu une méchante contre-
façon des îles Britanniques. Pour retrouver la véritable Australie, il faut pénétrer dans l'intérieur des
terres, et je vous le répète, nous approchons. Vous
voyez ces prairies, là devant nous, à l'horizon?
continua le jeune homme en consultant une carte
qu'il tenait à la main.

— Ces prairies? assurément je les vois.

— Eh bien! elles appartiennent à mon oncle, et
dès qu'on les a franchies, on se trouve en pays inculte. De tous les squatters qui ont défriché la plaine
de Meredith, mon oncle est celui qui s'est le plus
rapproché du désert, de sorte qu'une fois arrivé chez
lui, nous n'aurons qu'un pas à faire pour être en
pays sauvage.

— En pays sauvage! répéta Claude. Vous entendez, Fred? Nous allons être chez vous, mon pauvre
exilé, ça vous fera plaisir de revoir vos forêts na-
tales.

Fred allongea dédaigneusement ses grosses lèvres.

— Non, dit-il, bons blancs, méchants noirs, et
rien à manger dans les bushs.

— Rien à manger dans les bois! s'écria Claude
en le contrefaisant. Le voyez-vous, cet ingrat qui
médit du pays natal! ce gourmand, ce sensuel,
cet Hébreux qui regrette les oignons de la terre de
servitude.

Maxime se mit à rire, Fred aussi, de bon cœur et sans rancune, et les trois voyageurs firent allonger le trot à leurs chevaux, car la demeure du squatter était située tout au fond de la plaine, et il fallait arriver avant la nuit, autrement on risquait fort de s'égarer dans les savanes.

CHAPITRE II

M. Janvier Derval, grand-oncle du jeune homme dont il vient d'être question, s'était établi en Australie, vingt ans avant l'époque où commence ce récit, et il n'était allé demander un abri et des aliments à cette terre inculte, mais fertile, qu'après avoir épuisé toute autre ressource.

Il n'eut pas à se repentir d'avoir pris un semblable parti. En peu d'années il acquit une très belle fortune, non point au moyen des mines d'or, — on ne se doutait guère, à cette époque, que la Nouvelle-Galles renfermait de telles richesses, — mais en embrassant, avec courage, intelligence et discernement, le métier de laboureur et celui de pasteur. Il défricha le sol, il eut de nombreux troupeaux, et ses propriétés, qui consistaient dans l'origine en une cabane et quelques steppes, devinrent les fermes les plus remarquables et les plus importantes de tout le district.

L'exilé était parti depuis près de dix ans, lorsque ses parents apprirent qu'il venait de se marier.

La nouvelle ne contrista personne, bien qu'on eût un peu compté sur l'héritage de l'oncle d'Australie.

— Grand bien lui fasse ! dirent gaiement les neveux et les nièces de M. Derval. Sa fortune est à lui, qu'il en dispose à sa guise.

Et comme la lettre du squatter était arrivée à l'époque des fêtes de Noël, on déterra certaines bouteilles de noisettes que l'on conservait fraîches en un coin du jardin pour les grandes occasions, on mit en perce le meilleur vin du cellier, et l'on festoya joyeusement, avec force toasts en l'honneur des nouveaux époux.

C'étaient de braves gens, ces Derval, pas cupides le moins du monde.

Mais voyez ! voici que le paquebot suivant apporta en France une lettre bordée de noir, une lettre qui fit répandre des larmes bien sincères à tous les neveux et à toutes les nièces.

Madame Janvier était morte quelques mois après son mariage, et le malheureux squatter se voyait de nouveau seul au monde. Depuis cette époque chaque fois qu'il écrivit à ses parents, il les supplia de lui envoyer un de leurs fils pour le consoler, le distraire de sa douleur et l'égayer dans son isolement.

Aucun des Derval n'eut le courage de faire un pareil sacrifice, et, pendant bien des années, M. Janvier demanda en vain un de ses petits-neveux.

Pourtant un jour, Maxime, qu'on avait bercé avec toutes sortes de contes sur les merveilles de l'Australie, Maxime qui était devenu orphelin, déclara qu'il irait volontiers passer une partie de son existence auprès de son bon oncle le squatter.

Ses parents s'efforcèrent d'abord de combattre cette résolution; puis enfin, le voyant si décidé, ils le laissèrent partir après l'avoir confié à un de leurs amis, fils d'un honnête fermier de Saint-Albin, et très digne lui-même de la confiance qu'on lui témoignait.

Voilà comment Maxime Derval et Claude Astier, se trouvaient, par une belle soirée d'octobre, dans l'avenue de New-Mâcon.

C'est le nom que l'exilé avait donné à son domaine, en souvenir du pays natal.

La maison du squatter, beaucoup plus élégante que celles des fermiers ses voisins, apparaissait à demi-voilée par un rideau de passiflores et de lianes écarlates. Les hautes cheminées, la façade blanche, les toits bleus — un bleu d'algue marine —

ressortaient avec grâce et netteté sur un fond de
verdure, tout à la fois sombre et brillant.

Derrière l'habitation principale s'élevait une
maison de ferme, assez vaste pour abriter toutes les
céréales et tous les troupeaux de Saint-Albin, en
Bourgogne. On entendait au loin le beuglement des
taureaux, et dans l'herbe touffue d'une prairie voisine, paissaient quelques centaines de moutons.

Le jardin renfermait à profusion les fleurs et les
fruits des deux hémisphères. Les cactés et la violette,
la rose et l'azaléa s'épanouissaient côte à côte, tandis
que la banane et la pomme calville, l'ananas et la
groseille, la mangue et la prune-monsieur mûris-
saient aux rayons du même soleil.

L'avenue était bordée de mimosas fleuris, de
casuarinas qui, en guise de feuillage, étalaient de
longues banderolles vertes et brillantes, d'eucalyptus
au feuillage bleu, de cycas, dont les racines sorties
de terre, s'élevaient et s'entrelaçaient comme des
faisceaux de branches.

Quelques aras et d'éclatants cacatoès jacassaient
dans la feuillée. De temps à autre, ils quittaient la
cime des eucalyptus, pour s'élever plus haut encore,
et filer droit dans l'air aussi resplendissants que les
bouquets d'un feu d'artifice. Fred examinait ces
choses avec un rire de contentement, Claude admi-
rait en silence, et Maxime était très ému.

—Mon bon oncle! s'écria-t-il avec expansion,
que je suis heureux de me trouver enfin auprès de

lui, et quelle va être sa joie quand il nous verra,
nous qui arrivons de son village natal, nous qui lui
apportons des nouvelles de la patrie!

— C'est bien vrai cela, reprit Claude. Il est sûr
que ce bon M. Derval vous attend avec impatience,
et vous embrassera avec une grande effusion de cœur.

— Mais le voici peut-être. Je vois une porte qui
s'ouvre.

La porte qui s'ouvrit livra passage à une fillette
de huit à neuf ans, blonde, fort jolie. Elle grigno-
tait une orange verte, et s'approcha des voyageurs,
tantôt en sautant, tantôt en dansant.

Derrière elle, marchait d'un pas inégal un gros
baby en lisières, soutenu par un grand garçon qui
comptait au moins douze printemps.

— La charmante famille! s'écria Claude. Mais s'il
vous plaît, M. Maxime, que font ici ces bambins?
A qui appartiennent-ils?

— Oui, dit Maxime étonné, à qui appartiennent-
ils? Ne serions-nous point chez mon oncle? Aurions-
nous pris une fausse direction? Nous serions-nous
égarés?

Il descendit de cheval, s'avança vers la blondine,
et la saisissant au passage :

— Mon enfant, lui dit-il en anglais, cette maison
est-elle à vous?

— Non, pas à moi, à mon père, dit la petite fille
en fixant sur lui ses grands yeux.

— Comment se nomme-t-il, M. votre père?

— Harris, Monsieur, James Harris, du comté de Kent, en Angleterre.

Maxime regarda Claude d'un air de désappointement, puis continuant d'interroger la petite fille :

— Miss Harris, lui dit-il, habitez-vous cette propriété depuis longtemps? A-t-elle toujours appartenu à votre père? N'est-ce point un Français qui la lui a vendue, et n'est-elle pas connue dans le pays sous le nom de New-Mâcon?

La petite Anglaise baissa la tête, la releva, écarta les boucles blondes qui couvraient son front, et, sans répondre autrement, elle cria à l'aîné de ses frères :

— Billy, venez donc parler à ce gentleman.

Ce gentleman ayant répété sa question, Billy répliqua aussitôt.

— Oui, Monsieur, vous êtes bien à New-Mâcon. Papa a acheté ce domaine, il y a six mois, c'est un Javanais qui le lui a vendu.

— Javanais!... Vous voulez-dire un Français?

— Non, Monsieur; c'est bien un Javanais qui se nomme Banka.

— Mais c'est impossible. New-Mâcon appartenait à un Français, M. Janvier Derval.

Billy hocha la tête.

— Je ne sais pas dit-il, et vous, Roxy?

— Moi si, je sais, s'écria Roxy la blonde, c'est en effet M. Derval qui habitait cette maison l'année dernière. Tom le berger, me l'a dit, et connaissait bien M. Derval qui était son maître.

— Qu'est-il devenu? Qu'est devenu ce monsieur Derval? demanda vivement Maxime.

— Il est mort, Monsieur. Du moins Tom l'assure.

— Mort! s'écria Maxime en français; mon cher oncle est mort! Au moment où j'allais le voir enfin, où je lui apportais les souvenirs et les tendresses de toute sa famille!

— M. Janvier est mort! répéta Claude en faisant de grands gestes. Allons bon! Il nous manquait ce malheur!   •

Maxime s'affaissa au pied d'un eucalyptus, et se mit à pleurer amèrement.

Cette nouvelle si terrible, si imprévue, venait d'abattre tout son courage, et, dans son esprit troublé, se mêlaient les pensées les plus diverses, les regrets les plus poignants.

Le souvenir de la patrie absente, la perte de ce parent qu'il était venu voir au prix de tant de fatigues, le grand voyage qu'il avait accompli, l'idée qu'il se trouvait seul au monde, et que l'immensité des mers s'élevait entre lui et sa famille : n'était-ce pas plus qu'il n'en fallait pour briser ce jeune cœur. Heureusement Maxime était sincèrement pieux, et on l'avait habitué à ne compter que sur la divine Providence. Aussi les premiers mots qui s'échappèrent de ses lèvres furent une fervente prière.

— Venez, Roxy, dit Billy à sa sœur d'un air discret, le gentleman est triste, il faut le laisser.

Tandis que Fred — qui avait compris très peu de chose à cet échange de paroles — conduisait tranquillement les chevaux aux écuries, Claude agenouillé auprès de son jeune maître essayait de le calmer et de lui rendre un peu de courage. Il n'y avait pas plus de dix minutes qu'il remplissait ce rôle de consolateur, lorsque Billy et Roxy revinrent accompagnés d'un jeune Anglais, dont le costume à la fois rustique et soigné, annonçait le gentleman-farmer. C'était Monsieur Harris : d'un air très bienveillant, il offrit ses services et l'hospitalité aux voyageurs, et s'enquit avec intérêt de la cause du violent chagrin qui semblait les accabler.

Claude le prit à part et lui confia avec volubilité l'histoire de Maxime, comment il arrivait de France presque sans ressources, comment il était parti sur les instances réitérées de son oncle, M Derval, et comment il venait d'apprendre la mort de ce même oncle.

— Il est malheureusement très vrai que M. Derval a succombé, il y a quelques mois, à un accès de fièvre typhoïde, répliqua M. Harris. J'ai acheté cette propriété qui lui appartenait, et on me l'a vendue à des conditions si avantageuses que je me croirais obligé de me mettre moi, mes gens et ma maison, à votre entière disposition, quand bien même la

position de ce jeune gentleman serait moins inté-
ressante, et ne me toucherait pas aussi vivement.
Veuillez l'amener au logis, et l'engager à prendre
quelques heures de repos. Demain, quand il sera
plus calme et plus en état de m'entendre nous
examinerons ensemble sa situation, et nous verrons
ce qu'il convient de faire.

— Pour recueillir l'héritage de son oncle, n'est-
ce pas, Monsieur, dit Claude, que le chagrin ne trou-
blait pas au point de l'empêcher de songer au
solide.

M. Harris secoua la tête.

— La succession de M. Derval a été recueillie,
dit-il, et c'est le légataire universel qui m'a vendu
ce domaine.

—Le légataire universel! s'écria l'honnête Claude,
mais c'est nous qui devons être légataires universels!
M. Janvier n'avait d'autres héritiers que ses neveux
et nièces, et si quelqu'un nous a enlevé notre bien,
il faudra qu'il nous le rende.

M. Harris continua de hocher la tête.

— L'homme qui m'a vendu cette propriété, dit-il,
n'était uni à M. Derval que par un lien de parenté
bien faible, mais il a pour lui l'avantage d'un testament en bonne forme.

— Oh! monsieur, impossible. M. Janvier n'a pas
fait de testament qui dépouille mon jeune maître
et sa famille. Il doit y avoir quelque machination
ténébreuse là-dessous. Dans toutes ses lettres, le

cher défunt parlait de léguer sa fortune à ses neveux. Je les ai lues, ces lettres. Des modèles de
style, d'affection, de sensibilité, de tout enfin. Il n'y
a pas plus de huit mois que le pauvre M. Janvier
écrivait encore que...

— Huit mois! interrompit M. Harris. Mais le testament a un an de date.

— Preuve qu'il est faux, et nous le démontrerons
bien. Oh! je ne perds pas la tête, moi, comme ce
cher Maxime, et s'il y a des juges en Autre-Asie, je
me charge de leur faire voir que nous avons été
dépouillés par un fripon. Oui, oui, il faudra qu'ils
touchent la chose au doigt et à l'œil. — Mais, s'il
vous plaît, Monsieur, quel est notre adversaire, comment se nomme notre voleur?

— Il s'appelle Banka : c'est un Javanais, un frère
de feu madame Derval, un homme d'assez mauvaise
réputation. Depuis bientôt dix ans qu'il s'est fixé
dans la Nouvelles-Galles, il n'y a pas acquis los et
renom. Il a habité successivement chaque district, il
a fait tous les métiers, sans pouvoir en découvrir
un bon, et cet héritage lui est arrivé au moment où
il manquait de pain. Au lieu de jouir tranquillement
de sa fortune comme on s'y attendait, il a cherché
les moyens de la doubler, de la tripler peut-être,
et il est actuellement à Ballarat. — Vous savez,
gentleman, qu'on vient de découvrir à Ballarat des
mines d'or dont on ne connaît ni la profondeur, ni
l'étendue?

—Oui, Monsieur, nous nous sommes laissé conter cette nouvelle à Melbourne; mais mon jeune maître prétend qu'on a peut-être exagéré la chose, et qu'elle mérite confirmation.

— Elle est toute confirmée. Il y a en ce moment, à Ballarat, près de sept mille mineurs.

— Est-ce possible? Et vous dites que M. Banka a pris aussi la pioche et la houe?

— Non, oh non! Un tel métier ne saurait convenir au seigneur Banka. Il en a choisi un autre moins pénible et plus lucratif encore, c'est lui qui le premier, s'est avisé d'établir un store à Ballarat

— Un store? interrompit Claude.

— Oui, c'est ainsi qu'on nomme les bazars ou magasins, dans lesquels les mineurs se procurent les choses indispensables, en les payant au poids de l'or. Vous comprenez que de cette manière, un négociant, aussi peu scrupuleux que Banka, a bientôt réalisé de magnifiques profits.

— Et, je vous prie, Monsieur, comment se fait-il?.. Mais voici mon jeune maître qui se lève et vient à nous. Ne parlons point ce soir du seigneur Banka, si vous le voulez bien; ce serait l'accabler tout à fait. Demain, je lui conterai la chose avec prudence et ménagement; s'il était seul au monde, s'il n'avait à s'occuper que de lui-même, je lui dirais toute la vérité, sans faire tant de façons, sans aller par quatre chemins, car il ne tient pas à la fortune et n'est point embarrassé pour se suffire à lui-même. Mais, cher monsieur, il a trois petites sœurs, pas plus grandes que la jeune demoiselle que voilà. Trois anges qui n'ont ni père, ni mère, et qui sont à la charge de leur oncle et tuteur. C'est grande pitié, n'est-ce pas? Aussi M. Maxime est venu en autre... en ce pays, surtout à cause de Juliette, de Clotilde et d'Emma. Dieu les bénisse! Je suis sûr qu'elles prient pour nous à cette heure.

CHAPITRE III

Maxime demeura chez M. Harris pendant près d'une semaine. Le bon gentleman lui témoignait la plus grande bienveillance, et le retenait, pour ainsi dire, par force dans sa maison.

« Je ne vous laisserai point partir, lui répétait-il, tant que vous n'aurez pas pris une résolution sérieuse et bien arrêtée sur la ligne de conduite qu'il vous convient d'adopter. »

Hélas! le pauvre enfant avait beau tourner et retourner sa position sous toutes les faces, il ne savait à quoi se résoudre. Fallait-il demeurer en Australie? Fallait-il s'embarquer pour la France

La partie était-elle entièrement perdue? N'y avait-il plus rien à espérer?

Les deux Français étaient convaincus que M. Derval n'avait pu léguer sa fortune à un étranger, et la réputation du Javanais était si mauvaise, que M. Harris finit par être de l'opinion de ses hôtes.

Après avoir mûrement réfléchi, il les engagea à faire tous leurs efforts pour recouvrer cet héritage, il voulut s'occuper lui-même de l'affaire, il écrivit à des hommes de loi de sa connaissance, et il manifesta l'intention d'aller à Sydney pour y prendre l'avis de quelques magistrats, sur la bienveillance desquels il croyait pouvoir compter.

— En attendant que vos droits soient reconnus, dit-il à Maxime, vous n'aurez d'autre créancier que moi. Je vous prêterai, sur l'hoirie, tout l'argent dont vous aurez besoin.

— Non, M. Harris, repartit le jeune homme d'un ton ferme, non, je n'accepterai pas cette offre généreuse. Il serait honteux de puiser dans la bourse d'un ami, l'or qu'on peut se procurer avec un peu de travail. Pendant que vous prendrez la peine de faire ces démarches en ma faveur, j'irai travailler avec Claude aux mines de Ballarat... oui, j'irai, il le faut. Et qui sait? peut-être aurons-nous assez de chance, recueillerons-nous assez d'or pour n'être point obligés d'attaquer le testament : je ne tiens pas à dépouiller cet homme, ce Banka. Si je pouvais me procurer seulement quatre ou cinq mille

Héritage en Australie.   2

livres sterling, je retournerais en Europe sans rien réclamer. Je ne désire que la somme nécessaire pour élever mes sœurs et assurer leur avenir... En allant à Ballarat, j'ai encore un autre but : celui de voir ce Javanais, de l'étudier de près, de m'entendre avec lui au besoin. Si le testament a été fabriqué, extorqué, falsifié, il est probable que Banka préférera me céder une partie de l'héritage plutôt que de laisser porter l'affaire devant les tribunaux.

M. Harris approuva Maxime de point en point. Il lui fournit tout ce qui pouvait lui être utile pour travailler aux mines, et un matin les deux Français et le fidèle Fred quittèrent New-Mâcon pour se rendre à Ballarat. La route qui conduisait au digging n'était ni agréable, ni commode, ni même régulièrement et entièrement tracée.

Ce n'était plus la plaine fertile, et point encore les sombres beautés du désert; de petites collines nues et sèches s'échelonnaient du midi au septentrion. Des gommiers, quelques buissons de jambosiers, grésillés par le soleil, offraient à peine un peu d'ombre aux voyageurs. Des arbres gigantesques, au tronc nu, avec un bouquet de feuillage à la cime, s'élevaient de distance en distance.

— Ce sont des eucalyptus, disait Maxime.

— Chez nous, on les appellerait des manches à balai, grommelait Claude.

Fred parlait peu, et riait avec une bonhomie toujours égale.

De temps à autre, il fallait entrer dans les bois, dont l'aspect triste et monotone ne rappelait guère les splendides forêts vierges que le jeune européen avait rêvées au fond de son hameau de Bourgogne.

Au lieu des merveilles groupées sur les rives du Méchacébé, du magnolier célébré par Châteaubriand, du tulipier dont la feuille ressemble à une lyre antique et la fleur à un vase d'or bruni, il n'avait sous les yeux que le feuillage gris de l'arbre de fer, le tronc glutineux et décharné des gommiers, les branches raides des pins noirs, qui faisaient souvenir de la Norvége, et contrastaient avec le brillant soleil, et les rameaux étranges des casuarinas, qui balançaient à la brise leurs cimes échevelées.

Quant au reste, peu d'oiseaux, peu d'animaux, peu de fruits, et pour le règne animal comme pour le règne végétal, partout des espèces qui ne se retrouvent point ailleurs.

Enfin un monde à part, unique, bizarre, d'une étrangeté inouïe, quelque chose qui rappellerait les temps antédiluviens.

Du reste, jamais contrée plus fertile, plus propre à recevoir toute espèce de culture, jamais terre plus neuve, moins fatiguée de produire, ne fut livrée au colon industrieux, si cette île — ou ce continent, comme quelques-uns l'appellent — a peu de richesse qui lui appartiennent, elle accepte,

avec une facilité merveilleuse, celles qu'on cherche
à acclimater. Tout y prospère. Il me semble que cette
nouvelle partie du monde à été créée de Dieu pour
recevoir les trésors qu'on lui envoie de tous les
coins du globe.

A mesure que les voyageurs approchaient de Ballarat, la route perdait son caractère solitaire, pour
devenir bruyante, animée, fréquentée. D'instant en
instant passaient des convois de travailleurs qui
allaient aux mines, ou retournaient à Melbourne.

On rencontrait, en ces chemins sauvages, des
échantillons de toutes les races connues. L'Anglais,
sombre, blafard, comme les brouillards de son île
natale, s'avançait raide et tout d'une pièce. Le
Mexicain semblait vouloir disputer le passage aux
nouveaux venus. L'Anglo-américain les considérait d'un air mécontent, et répondait à peine aux
saluts empressés de Claude et de Fred. Le Chinois
clignait ses petits yeux obliques, et lançait en des-
sous un regard méfiant. L'Allemand comptait ses
pépites sur le bout des doigts, et souriait naïvement
quand le compte était rond ; sur cent personnes qui
passaient, il y en avait quatre-vingt-dix-neuf qui
songeaient aux mines et aux nuggets.

Vers l'heure de midi, le soleil devint brûlant et
les chevaux des trois voyageurs donnèrent des
signes de fatigue. Il fallut s'arrêter dans une des
public-houses à tente de coutil qui s'élevaient de

distance en distance, et y passer une partie de la journée.

On se remit en route vers le soir, pour voyager jusqu'à la nuit close ; puis on fit une seconde halte, et le lendemain de bonne heure, Maxime et ses compagnons arrivèrent au sommet de la colline qui domine Ballarat.

Le bon Claude, qui s'attendait à pénétrer dans un lieu enchanté, féérique, où l'or revêtait toutes choses d'un prisme éblouissant, se montra fort désappointé à l'aspect de la vallée rouge, grise, sèche, crayeuse, qui s'étendait à ses pieds. Mais Maxime, nature plus jeune et plus poétique, plus impressionnable, fut vivement intéressé par le singulier spectacle que présentait le digging.

Les tentes blanches, le ruisseau qui coulait paisiblement au milieu de l'agitation générale, la terre à laver, disposée en monticules sur l'une et l'autre rives, le sol déchiqueté, rongé, fouillé, qui montrait partout ses plaies béantes, cette fourmillère humaine, qui s'agitait en tous sens, qui travaillait, courait, peinait, avec un courage fiévreux : toutes ces choses devaient nécessairement frapper le jeune homme qui allait se mêler à ce bruyant essaim.

— Ça n'est guère beau, dit Claude.

— Non, repartit Maxime, mais c'est singulièrement émouvant ; et quand on songe que cette terre, qui ressemble à toute autre terre, renferme des millions dans son sein, et qu'il ne s'agit que de creuser pour les avoir....

Il s'interrompit, passa la main sur son front brûlant et murmura :

— Mon Dieu, vous savez bien que je ne désire point m'enrichir, et que je veux travailler seulement pour les trois petites abandonnées que mes parents ont laissées à ma garde.

— Oui, oui, dit Claude joyeusement, rien pour nous, tout pour les autres. Allons faire la fortune d'Emma, de Clotilde et de la petite Juliette, sans parler de celle du bon vieux père Astier.

CHAPITRE IV

Le premier soin de Maxime fut de rendre visite à Banka. L'héritier était absent, on ne l'attendait pas avant quinze jours au moins, et le store était confié à la garde des commis.

Le jeune Français ne fut pas très fâché de cette circonstance, qui lui permettait de prendre des renseignements sur son adversaire, avant de se présenter à lui. Il était bon de connaître d'abord le personnage auquel il allait s'attaquer.

Mais les mineurs, qu'il questionna à ce sujet,

parurent peu disposés à entrer dans de grandes expli-
cations. Leurs réponses furent courtes, identiques,
et d'une énergie trop sauvage pour être rapportées
textuellement. Ces malheureux, que le Javanais
exploitait de toutes manières, faisaient rimer Banka
avec Satan sans se soucier de l'assonnance. Un
mineur, auquel Maxime avait rendu de légers services, et raconté sa triste histoire, lui dit un jour :

— Je vais partir pour le mont Alexandre, autre
digging, et en vous quittant, je veux vous donner un bon conseil. N'entrez pas en lutte avec
Banka. Cet homme est capable de tout, il a cent
manières de se débarrasser de quelqu'un qui le
gêne, et sa fortune le rend bien redoutable. Tra-
vaillez avec courage, amassez quelque argent, et
laissez la succession de votre oncle à celui qui la
possède. Comment, vous nouveau-venu, vous étranger, vous chétif, iriez-vous plaider contre un adversaire aussi puissant? Il vous écraserait sans pitié,
dès que votre voix s'élèverait pour l'accuser.

Ce discours troubla le jeune homme sans ébranler
sa résolution. Il voyait les choses moins en noir
que le digger qui lui parlait; il n'avait pas des
êtres humains, ses frères, une mauvaise opinion, et
il considérait comme un devoir de défendre les
interêts des petites orphelines, qui priaient pour
lui de l'autre côté des mers.

Il raconta mot pour mot, cette conversation au
bonhomme Claude. Celui-ci, qui tenait à ne point

partir sans l'héritage, s'emporta contre les don-
neurs de conseils, et déclara qu'il n'était pas venu
si loin pour se faire duper par un sauvage à peau
couleur de cuivre, qu'il y avait des juges à Sydney,
payés pour rendre à chacun son droit, et des experts
qui verraient, du premier coup, si le testament
était vrai ou faux.

Pendant près de trois semaines, les deux Bourguignons et Fred, qui, du rang de valet, était
monté à celui d'associé, travaillèrent aux mines
avec beaucoup de courage. Ils avaient payé la licence
au gouvernement anglais, et ils se trouvaient
légitimes possesseurs de vingt pieds carrés environ
de terrain aurifère.

Cependant, malgré leur énergie et leur bonne
volonté, ils étaient loin de réaliser autant de profits
que les autres mineurs. Maxime n'entendait rien au
métier. Fred, ancien domestique d'hôtels et d'esta-
minets, trouvait la terre fort dure à remuer, regret-
tait son premier état, et ne faisait que de mauvais
ouvrage. Claude seul connaissait la manière de
retourner le sol. Il avait fait son apprentissage de
digger en cultivant la vigne. Mais il n'avait pas de
bonheur. Il travaillait comme quatre, et il en était
pour ses frais. Il ne récoltait que de méchantes
petites paillettes, plus minces qu'une feuille d'eucalyptus. Son trou ne valait pas la peine qu'il se
donnait pour l'exploiter. En ces endroits, la veine

précieuse courait en ligne horizontale, au lieu de
s'enfoncer perpendiculairement. Maxime l'avait
compris, il aurait voulu qu'on cherchât ailleurs,
Fred opinait du bonnet, mais Claude l'entêté
s'obstinait à aller plus avant :

> « Travaillez, prenez de la peine,
> « C'est le fonds qui manque le moins, »

disait-il à son jeune associé, avec l'accent doctoral
du maître d'école de Saint-Albin.

Le fonds manquait si bien, qu'au bout de trois
semaines, les malheureux Bourguignons étaient
moins avancés que le premier jour. Ils avaient vendu
leurs chevaux afin de se procurer quelque argent.
N'avait-il pas fallu construire une tente, acheter une
batterie de cuisine et tout le reste?

C'était un singulier pays : si l'on gagnait beaucoup, on dépensait en conséquence. Ce n'était pas
tous les jours qu'on pouvait se procurer une omelette pour quatre ou cinq francs. Mettez tout à
l'avenant, et vous voyez si ces très inexpérimentés
diggers pouvaient faire des économies.

Le peu de bonheur des deux Bourguignons était
une chose si connue, que tous les mineurs, qui
savaient quelque mot de français, avaient coutume
de leur dire : «Pas de chance ! » en manière de salu-
tation amicale. Ceux qui ne comprenaient point
cette phrase, supposaient naturellement que c'était

le nom des deux associés, qu'on finit par appeler au digging, les frères Pas-de-chance.

Ces diggings n'étaient point alors ce qu'ils sont devenus depuis. L'ordre n'y régnait point encore, et le gouvernement anglais commençait seulement à y envoyer des policemen. Pourtant les scènes tumultueuses, les tentatives de vol et de pillage, y étaient moins fréquentes qu'en Californie. Les bushrangers — coureurs de buissons — ne s'approchaient point du camp; ils se contentaient de dévaliser les voyageurs qui marchaient isolément ou par petits groupes.

Sous ce rapport donc, Maxime et Claude n'avaient rien à craindre. Mais si leur sécurité n'était point menacée, leur caractère honnête et bon souffrait cruellement des manières sauvages, brutales, des mineurs leurs voisins. Ces gens n'étaient point, en général, la fine fleur de la grande société humaine, et si Claude supportait avec patience leur déplaisant contact, Maxime avait le tort de ne point cacher assez la répulsion que ses camarades lui inspiraient.

Dès qu'on apprit au digging que Banka était de retour, le jeune Français se disposa à lui rendre visite, et Claude voulut absolument l'accompagner.

— C'est plus prudent, dit-il. On peut se débarraser d'un enfant faible et seul, mais deux hommes courageux, bien unis, ne disparaissent point sans laisser de traces.

, Le store de Banka était une tente gigantesque, dans laquelle se pressaient, se poussaient, se disputaient une place, les objets les plus divers et les plus hétérogènes. Personne — pas même les commis, pas même le propriétaire — ne savait au juste ce que renfermait et ce que ne renfermait pas le magasin. Je crois qu'il y avait un peu de tout.

On y trouvait de l'épicerie, de la mercerie, des vêtements, du pain, du vin, de la viande de boucherie, des salaisons.

Au même clou, étaient suspendus des plats en fer blanc pour laver le washing — stuff, matière à laver — et des grils pour rôtir les côtelettes. Des chapeaux de paille étaient remplis de fruits et de légumes secs, et des bottes renfermaient de petits pains de gruau, délicats et cuits à point.

Au milieu de tout cela, circulaient quatre ou cinq commis Chinois, Javanais, Hindous, ou se donnant pour tels. Ils baragouinaient, avec une égale facilité, toutes les langues vivantes, et les confondaient de la manière la plus heureuse. En ajustant un mot français à un verbe anglais, en mettant un prénom espagnol à un adjectif allemand, ils trouvaient le moyen, non seulement de contenter tout le monde, mais encore de répondre à trois ou quatre personnes avec une seule phrase.

Banka, lui, ne venait presque jamais au magasin,

ét quand il daignait y apparaître un instant, c'était avec la majesté d'un brahmane qui va sacrifier dans un temple. Il écoutait les demandes des acheteurs, les réponses des commis, sans se mêler à la conversation; son air, sa démarche, ses moindres gestes, indiquaient combien il se trouvait supérieur à la foule qui l'entourait.

Aussi, lorsque Maxime et Claude, — deux mineurs, deux hommes, qui gagnaient leur vie à la sueur de leur front, — sollicitèrent l'honneur d'une entrevue avec le maître de céans, les commis échangèrent un sourire, et déclarèrent fort dédaigneusement que Banka n'était point visible.

— Il le sera pour nous; si vous vouliez bien lui remettre ceci, dit Maxime en donnant sa carte.

L'un des commis daigna la prendre, il la roula entre ses doigts, et sortit en haussant les épaules; mais il revint bientôt, et annonça que le patron était tout disposé à recevoir M. Derval.

Ce nom, prononcé à haute voix, fit lever la tête à tous les habitants de la maison, et chacun s'effaça pour livrer passage aux visiteurs.

On les introduisit dans une sorte de cabinet placé au fond de la tente, et meublé avec tout le confort qu'on avait pu déployer en ces solitudes. Il y avait des meubles de bambou, un lit de repos recouvert de soie de Chine, et des nattes finement tressées, sur la terre battue.

Assis dans un fauteuil, le maître du logis fumait

avec une indolence tout asiatique. C'était un homme
de haute taille, qui atteignait à peine l'âge mûr. Il
était maigre, agile, bien découplé; ses cheveux noirs
paraissaient bleus, ses yeux verts paraissaient jaunes,
d'un jaune orange mêlé de fibrilles blanches, et il
avait, comme dit le poète

« Le teint plus clair que le cuivre des lampes. »

Il portait avec beaucoup de dignité un très beau
costume oriental : des pantalons bouffants en soie
gris de lin, un cafetan bleu à broderies d'or, et
une soubreveste serrée à la taille par une ceinture
de cachemire.

Il salua les deux hommes, et, regardant Maxime
avec une attention un peu inquiète, il dit en assez
bon français :

— Soyez-les bien-venus, Messieurs, si, comme
je le suppose, vous êtes les parents de l'homme
juste et bienfaisant dont vous portez le nom, de
mon très cher et très regretté beau-frère.

— Je suis son neveu, Monsieur, repartit Maxime
d'une voix grave.

Banka mordit ses lèvres minces.

— Ses neveux, vous voulez dire, fit-il en désignant Claude.

— Non, répliqua Maxime; Monsieur n'est point
uni à ma famille par des liens de parenté, mais
c'est notre meilleur ami.

Claude crut devoir s'incliner de nouveau, et le Javanais fit un sourire.

— Probablement, Messieurs, dit-il, vous connaissiez la mort de M. Derval, lorsque vous vous êtes embarqués pour l'Australie.

— Hélas ! non, Monsieur, repartit Maxime d'un ton pénétré. C'est au contraire sur les instances réitérées de ce cher parent, que je me suis décidé à entreprendre un aussi long voyage. Je croyais le trouver heureux et plein de vie, ajouta le jeune homme d'une voix émue.

Banka inclina la tête, en affectant d'être aussi sous le coup d'une vive émotion.

— Je comprends, dit-il, que cette mort inattendue a dû vous frapper bien tristement. A votre âge, il est pénible de se voir seul au monde, si loin du pays natal. — Vous avez eu raison de penser à moi, de venir chez moi, reprit-il d'un ton qui contrastait avec ses paroles ; je ferai mon possible pour améliorer votre malheureuse position ; je vous fournirai avec plaisir les moyens de retourner promptement, sûrement, commodément en France..... car c'est là, je présume, votre dessein.

— Pas tout à fait, dit Maxime un peu embarrassé, je ne quitterai point l'Australie sans... avoir pris... certains arrangements... terminé... certaines affaires.

— Des arrangements ! Des affaires ! dans un pays où vous ne connaissez personne !

— Monsieur, balbutia Maxime, je serai franc avec

vous... Si ma famille était riche, je ne... mais au contraire... nous sommes... nous n'avons... et ce malheureux voyage a épuisé toutes nos ressources...

— Bien, bien, interrompit Banka du ton le plus gracieux, je vois ce que vous voulez dire. Votre famille a fait de grandes dépenses pour vous envoyer en Australie, n'est-ce pas? Eh bien! j'indemniserai vos parents. Ne me remerciez point, ma conscience m'oblige à agir ainsi.

Claude fit une drôle de moue, en entendant le seigneur Banka parler de sa conscience. Maxime rougit et regarda son ami, comme pour le prier de lui venir en aide, ce que le bon garçon s'empressa de faire.

— Tout cela et bel et bon, s'écria-t-il, et vous êtes bien honnête, mon cher Monsieur. Cependant permettez-moi de vous dire que nous ne sommes pas venus pour repartir les mains vides, ni même en emportant une aumône..... M. Derval avait une magnifique fortune, mon jeune ami que voilà est son plus proche parent, et, ne vous en déplaise, il voudrait recueillir l'héritage avant de s'en aller.

— Eh quoi! s'écria Banka, vous ignorez, Monsieur, qu'il y a un testament en ma faveur?

— On nous l'a dit; mais, sauf respect, nous voudrions examiner la chose.

— Claude! interrompit Maxime d'un ton de reproche.

Banka sourit, étendit la main, et frappa sur une

espèce de gong qui rendit un son vibrant et métallique.

Un nègre entra aussitôt, un petit négrillon qui fit ouvrir de beaux yeux à Claude, avec sa barette rouge, et sa jupe de cachemire, dont les palmes vertes se détachaient d'un fond bleu de ciel.

Sur un signe de son maître l'enfant noir lui apporta une cassette en bois de santal. Banka l'ouvrit, examina, froissa, rejeta quelques papiers, et enfin en choisit un qu'il donna à Maxime, en lui disant d'un air insouciant et dégagé :

— Voici, je crois une copie du testament de M. Janvier Derval.

Le testament n'avait que quelques lignes, claires comme le jour. Le donateur, dans un style net et concis, léguait toute sa fortune à son cher et bien aimé beau-frère, Banka Nourahaki.

— C'est parfaitement expliqué et tout à fait en règle, dit Maxime après avoir lu.

— Oui, reprit Claude, il ne manque que la signature du défunt.

— Elle se trouve sur l'original, lequel est écrit de la main de mon beau-frère, dit Banka d'un ton sec. Vous semblez consterné, M. Derval; pourtant, si vous vouliez prendre la peine de réfléchir, vous comprendriez que votre oncle, en me léguant sa fortune, a fait une chose juste et équitable, car enfin cette fortune lui venait de ma sœur... en grande partie du moins.

— Vraiment, monsieur? cela m'étonne. Je croyais que Madame Janvier n'avait rien à elle.

— Et voilà comment on écrit l'histoire! dit Banka d'un ton tragique. Ma sœur était riche, Monsieur, très riche. C'était une jeune personne charmante, fo t instruite, presque Française. — Notre mère est née à Pondic'   ; où nous avons passé plusieurs années. — M. Derval, qui voyait en moi un compa-t iote, un ami, un frère; avait pour moi beaucoup d'affection. Après la mort de ma sœur, il me répé-tait souvent : Banka, si vous me survivez, non seu-lement je vous rendrai la fortune d'Arinda — ma sœur se nommait Arinda — mais encore je vous léguerai la mienne.

— Eh! quoi, Monsieur, et tout en vous disant cela, mon oncle m'invitait à venir en Australie, et affirmait qu'il n'aurait pas d'autre héritier que moi! C'est bien étrange! c'est à peine croyable.

— Oh! dit Banka en hochant la tête, vous avez attaché à cela trop d'importance... M. Derval pro-mettait, parce qu'il était sûr que vous ne viendriez pas. Il se serait bien gardé de parler ainsi, s'il avait supposé que vous le prendriez au mot... Les lettres de votre oncle ne signifient rien, n'auraient en jus-tice, aucune valeur.

— Je n'ai pas dit, Monsieur, que je voulais m'adresser à la justice.

— Non, mais vous l'avez pensé.

Maxime ne put s'empêcher de rougir.

— Voyons, reprit le rusé Javanais d'un air de
bonhomie, laissons ces débats peu agréables, et
parlons de choses plus gaies, de choses qui nous
montrent l'un et l'autre sous un moins vilain aspect.
Les discussions à propos d'argent, donnent toujours
une idée peu avantageuse de ceux qui les soutien-
nent. Nous aurons tout le loisir d'agiter cette question, quand nous nous connaîtrons davantage.
Commençons par nous lier comme de bons amis,
que nous devons être, puisque nous sommes presque parents... Et d'abord, M. Derval, j'insiste pour
que vous logiez chez moi.

— Je vous remercie, Monsieur, balbutia Maxime
tout étourdi par ce changement de manières et de
langage, je vous remercie, et je ne puis accepter.
J'ai une tente, là-bas au digging... une tente que je
partage avec mon ami et un domestique de couleur.

— Mais, Monsieur, votre ami est compris dans
l'invitation, et vous amènerez votre domestique.

— Impossible, Monsieur; toute gracieuse qu'est
votre offre, je me vois forcé de la décliner.

— Du moins vous ne refuserez pas de dîner avec
moi ce soir.

— Si je pouvais... mais j'ai affaire... je...

— Ah! prenez garde, je vais croire que vous avez
l'intention de me traiter en ennemi. Pourquoi cette
froideur, cette défiance? Ne vaut-il pas mieux
chercher à nous connaître et à nous entendre, que
de nous disputer publiquement l'héritage? Allons,

réfléchissez. Sommes-nous amis, sommes-nous en-
nemis? Acceptez-vous? Refusez-vous?

— J'accepte, Monsieur, dit Maxime qui désirait
encore plus que Banka que les choses pussent s'ar-
ranger à l'amiable.

CHAPITRE V

Le Javanais introduisit ses hôtes dans une petite
salle à manger, presque aussi élégante que sa chambre de nuit.

Une quantité de vaisselle, portant encore la mar-
que de fabrique, était étalée sur des dressoirs en
bois de bambou. La plus grande partie des plats et
des assiettes étaient en terre commune : on les desti-
nait à la vente. Mais il y avait aussi de la porcelaine
de Chine, que Banka réservait pour son usage parti-
culier, et même quelques vases en vermeil, qui
n'étaient là que pour la montre.

— Je vais choisir les vins, dit le Javanais. Cela
ne vous étonnera point, Messieurs, vous savez qu'au
digging chacun fait sa cuisine.

— Eh bien ! dit Claude à Maxime dès qu'ils furent
seuls.

— Eh bien ! Claude ?

— Que dites-vous de l'héritier, Monsieur ?

— Rien encore. Il faut le connaître.

— Moi je le sais par cœur, et je vous avoue qu'il ne me revient pas.

— Pourquoi ? Que lui reprochez-vous ?

— Mais d'abord il est infiniment trop civilisé pour un sauvage, et parle toutes les langues, et il a l'air de savoir s'approprier tous les masques.

— Chut ! Claude, pas de calomnie.

— De la calomnie. Ah ! cher Monsieur, je crains que ce ne soit une médisance, et pas autre chose.

Maxime mit un doigt sur ses lèvres, Banka rentrait.

Le dîner fut splendide, digne de cet hôte millionnaire, qui se montra causeur aimable, voyageur instruit, et discuta sur toutes espèces de sujets, avec une égale et merveilleuse facilité. C'était surprenant de voir comme il savait mettre chacun à son aise. Il buvait et mangeait, il riait avec un entrain bien fait pour donner de l'appétit à ses convives. Il leur disait mille choses flatteuses, il leur serrait la main, et au dessert, il faillit les embrasser.

— Ma mère était Française, disait-il ; ma sœur était votre tante, nous sommes compatriotes et parents, pourquoi ne serions-nous pas amis ?

Que répondre à cela ?

Claude était subjugué, et Maxime lui-même se laissait gagner par ces manières attractives. Quand

on apporta les fruits . — des fruits superbes, cueil-
lis dans une propriété de feu M. Derval — le joyeux
trio causait avec une verve, une animation des plus
agréables à voir.

On avait parlé de tout, de l'Europe, de l'Asie,
de l'Afrique, de l'Amérique, de l'Océanie. Pour le
bouquet, Banka mit la conversation sur son pays
natal.

— Savez-vous bien, mon cher Maxime, dit-il,
que c'est la Malaisie, et non la Nouvelle-Galles que
vous devriez visiter. Voilà une contrée qui plairait
à votre jeune imagination. Connaissez-vous une
autre partie du monde qui réunisse autant de merveilles? On parle de l'Amérique intertropicale
comme d'un lieu enchanté; mais une de nos
îles renferme, à elle seule, les richesses que se
partage tout le continent américain. Que deviendrait
votre Europe sans la Malaisie? N'est-ce pas nous
qui vous fournissons les perles, le corail, et parmi
les choses plus utiles, la girofle, le poivre, la muscade, toutes vos épices? Et ne croyez point que ces
fruits précieux croissent sur des arbres d'un aspect
insignifiant, comme sont en Europe, beaucoup de
vos arbres à fruits. Rien n'est plus admirable à
voir que les superbes girofliers, les élégants poi-
vriers, réunis en groupe. Notre muscadier vaut au
moins les orangers du littoral de la Méditerranée,
auxquels il ressemble, en ce sens qu'il exhale aussi
un parfum pénétrant, et qu'il est constamment

chargé de fleurs et de fruits. Si la fleur — qui est dioïque — ...

— Dioïque? interrompit Claude.

— Oui, répliqua Maxime. C'est-à-dire que les fleurs à pistil n'ont pas d'étamines, et réciproquement, de sorte que la graine ne fructifie point, si l'on ne réunit pas ses deux espèces.

— Me voilà aussi instruit que devant, dit Claude avec son gros rire.

— Votre chanvre d'Europe est une plante dioïque, reprit le Javanais.

— Ah! très bien, cette fois j'y suis, je comprends... et vous disiez, M. Banka?...

— Je disais que si la fleur du muscadier est petite, terne, insignifiante, le fruit est revêtu d'un macis écarlate, qui fait de l'arbre, au moment de la récolte, un objet éblouissant à voir. Ce macis, ou écorce intérieure, est employé, ainsi que la noix elle-même, non seulement comme aromate, mais encore dans une foule de préparations pharmaceutiques.... Eh bien! Messieurs, le croirait-on? Cet arbre si beau, si utile, notre richesse, notre orgueil, faillit disparaître de la plupart de nos îles, par suite de la rapacité, de la cupidité de vos compatriotes.

— Ce ne sont point mes compatriotes, interrompit Maxime, mais les Hollandais qui, pour s'assurer le commerce exclusif de la muscade détruisirent le muscadier, partout où ne pouvait s'étendre leur surveillance.

— Les Hollandais, oui... enfin des Européens, et c'est pourquoi je les appelais vos compatriotes... Mais la nature, jalouse de ses droits, s'opposa à cette œuvre de destruction, et, en peu de temps, les oiseaux repeuplèrent nos îles de muscadiers, en transportant les graines d'un lieu à un autre. Vous parlerai-je de nos autres richesses? continua le Javanais. On ne pourrait tout énumérer. Laissez-moi citer au hasard les premiers noms qui se présentent à mon esprit : Le bananier, l'érable à sucre, le grenadier, l'ananas, le benjoin, le rima ou arbre à pain, le dattier — à la vue duquel les voyageurs s'écrient, en sortant du désert : « Après la mort, le paradis, » — le cocotier maritime, qui est à lui seul un store complet au milieu des solitudes, car on en peut tirer des pagnes, des nattes, des corbeilles, des parasols, des chapeaux, du bois de charpente, un mets exquis, du vin, du vinaigre, de l'eau-de-vie. — Voyez-vous, Messieurs, dans la Malaisie, tout est beau, riant, gracieux, utile, attractif. Les êtres les plus maltraités par la nature, ceux même qu'on fuit avec horreur dans les autres parties du monde, deviennent des prodiges de beauté sous notre ciel heureux. En voulez-vous un exemple pris entre mille? Vous savez ce que sont les serpents dans votre Europe. Eh bien! il y en a tels et tels parmi les nôtres, dont le style le plus brillant, le plus imagé, ne pourrait décrire la splendeur. Notre boïga, couleuvre inoffensive et sans venin, ressem-

ble à un immense collier de diamants, de topazes,
de rubis, d'émeraudes, de turquoises. De larges
bandes blanches et bleues, séparées par de petites
raies couleur d'or et de pourpre, couvrent tout le
corps de ce magnifique reptile, qui se nuance au
soleil de reflets verts et noirs. — Je ne vous dirai
rien de nos fleurs, elles ne ressemblent en aucune
façon à celles que vous êtes habitués à voir, et ce
que je vous en expliquerais bouleverserait toutes
vos idées en horticulture. — Vous ne le croyez
pas? Sachez donc qu'un simple végétal parasite, le
rafflesia-arnoldi, qui croît sans tige, ni feuillage,
sur les racines d'une autre plante, fournit des fleurs
qui ont près de trois mètres de circonférence, plus
d'un centimètre d'épaisseur, et qui pèsent jusqu'à
sept kilogrammes.

— Oh! pour le coup, M. le Javanais, vous nous
en contez, s'écria Claude.

— Non vraiment; seulement je ne puis appuyer
mon dire, qu'en vous engageant à y aller voir.

— Nenni, Monsieur, je n'irai pas, car j'ai entendu dire à M. Maxime, que les habitants de cette
Malaisie sont de vilaines gens, méchants comme des
singes.

— Et même un peu plus, je crois, dit Banka
avec un sourire qui fit scintiller ses dents blanches
et aigües. Vous concevez, mon cher Monsieur, qu'on
n'a point dans nos contrées équatoriales, le flegme,
la patience, l'apathie, qui se trouvent dans les pays

plus froids. Nous sommes tout de feu, tout de premier mouvement, et si nous avons à nous plaindre
de quelqu'un, nous ne prenons pas le temps de rumi-
ner notre vengeance. D'ailleurs quand on a sous la
main tant d'armes mortelles, il est difficile de résis-
ter à la tentation, pour peu que l'esprit soit mauvais
et le caractère vindicatif. Aussi, je le répète, pour
nous défaire d'un ennemi, d'une personne qui nous
gêne, nous n'allons point chercher midi à quatorze
heures.

Ces mots firent ouvrir l'oreille à Claude, qui en-
voya sous la table un coup de pied à son ami, pour
l'avertir d'être attentif. La bonne figure de ce pauvre
Claude disait aussi clairement que l'eussent fait des
paroles :

Avons-nous été simples de prendre cette griffe
de tigre pour une main amie! Il a joué avec nous
comme le chat avec la souris, et le voici qui se lasse
de faire patte de velours.

Banka souriait méchamment, en fixant sur ses
convives ses prunelles étincelantes. Ce regard était
difficile à supporter, et l'honnête paysan Bourguignon balbutia, en vidant son verre pour se donner
une contenance.

— Oui-dà, quand une personne vous gêne, vous
la... défaites... je veux dire.., enfin comment vous
y prenez-vous?

— De mille et une manières... par exemple, il
suffirait d'un peu de poudre dans un verre...

Héritage en Australie.   **5**

— Dans un verre! c.ia Claude en re'etant le sien comme si c'eût été un fer rouge.

Banka le lui remplit jusqu'au bord et continua sans changer de ton.

— J'ai vu des gens se venger d'une façon très excentrique, et je puis vous citer quelques faits. Un jour, un rajah de ma connaissance, un descendant de Wischnou, — vous savez que mes crédules et ignorants compatriotes font descendre les familles illustres de Wischnou et de Brahma ; — un jour donc, un rajah de mes amis fut insulté par un noble d'un rang inférieur. Comme celui-ci ne l'avait pas fait exprès, loin de là, mon ami ne pouvait tirer vengeance de l'injure par aucun moyen légal. Cependant il avait la chose sur le cœur, et tenait à punir le coupable, ou plutôt l'imprudent ; sans parler de son projet à personne, il invite le malheureux à dîner avec lui...

— Avec lui, interrompit Claude involontairement.

— A sa table, reprit le Javanais. Il le comble d'attentions, lui offre de sa main les mets les plus savoureux. Puis au dessert, il lui présente un vase fermé, dans lequel se trouvait un de ces serpents à piqûre mortelle que vos savants d'Europe nomment Coluber Javanicus. — N'épluchez pas mon latin, M. Derval, je le prononce comme un écolier ; mon vieux professeur de Pondichéry n'a jamais pu m'apprendre les langues mortes. — Le rajah donc offre le vase fermé à son convive en disant : Servez-vous, mon hôte, fit Banka qui s'interrompit pour présenter à Maxime une coupe de porcelaine dont le couvercle représentait un nid de salanganes.

Le jeune Français rejeta son torse en arrière, regarda Claude, hésita, et d'une main un peu tremblante, enleva le couvercle à nid d'hirondelles.

— C'est de la compote d'ananas, reprit le Javanais. On assure qu'elle est excellente.

— Ouf ! murmura Claude en s'essuyant le front, oui, ce n'est que de la confiture... — Et ce serpent, ce coluber, M. Banka?

— Le serpent remplit les vues du rajah, comme s'ils eussent été à deux de jeu. Il sauta à la face du convive, tandis que le maître du logis s'enfuyait lestement.

— Quelle horreur ! quelle cruauté diabolique?

— En effet, cela passe les bornes, et pourtant un autre de mes compatriotes fit quelque chose de plus fort encore. Il avait, non pas un ennemi, mais un homme qui le gênait, dont il devait hériter par suite de je ne sais quels arrangements. Cet homme venait le voir sans défiance, ils mangeaient ensemble, buvaient dans la même coupe, et dormaient sous le même toit. Le donateur n'avait pas l'ombre d'une inquiétude ; mais le temps durait à l'héritier. Un matin, il emmena en forêt l'homme dont il voulait se défaire, et ils commencèrent une partie de chasse qui se prolongea jusqu'à la nuit close. Comme il n'y avait point de maisons habitées dans les environs, les chasseurs se retirèrent dans un ajoupa ou cabane qui était là, sans maître, abandonnée à la disposition du premier venu.

L'héritier offrit au donateur la seule chambre du logis, s'établit lui-même dans une sorte de grenier, et laissa l'étable à ses domestiques.

Or, il y avait sous bois trois ou quatre panthères noires qui faisaient de grands ravages dans le pays, et l'une d'elles avait l'habitude de s'introduire presque chaque nuit dans l'ajoupa, où elle trouvait immanquablement quelque animal vivant ou mort. Cette nuit-là, elle ne vit que l'homme à la succession, et...

—Oh! mais c'est affreux, affreux! s'écria Claude. Existe-t-il vraiment des monstres aussi sanguinaires?

— Parlez-vous de la panthère? elle est effectivement très féroce, avec sa jolie tête féline, et sa fourrure douce, soyeuse, d'un noir brillant, luisant, rempli d'éclat et de reflets.

— Je parle de l'homme, Monsieur, du meurtrier, de cet être plus cruel que les panthères... Ah! Dieu merci, on ne voit pas chez nous de ces raffinements de cruauté, et si vous nous trouvez simples, naïfs, faciles à tromper, je suis bien aise de vous dire, M. Banka, que nous nous en applaudissons, et que nous aimons mieux être victimes que bourreaux.

Là-dessus Claude s'essuya les yeux qu'il avait un peu humides.

— Monsieur, dit le Javanais, veuillez croire que je suis de votre avis. Je n'approuve point du tout ces façons de se venger, de se débarrasser d'un importun. A quoi bon tant de préparatifs, de mise en scène, de panthères noires et d'ajoupas? N'avons-nous pas des armes aussi sûres et moins compliquées? Si nos forêts, nos prairies contiennent à profusion toutes les richesses du globe, ne nous fournissent-elles pas aussi des poisons terribles, foudroyants? N'avons-nous pas le mancenilier, où le plaisir habite avec la mort?... Une flèche enduite de quelques gouttes du suc qui découle de cet arbre, conserve encore, après un siècle, le pouvoir de donner la mort. Une goutte, une seule goutte de ce suc, appliquée sur la peau, produit le même effet qu'un fer rouge.

Le fruit du mancenilier est rond, frais, brillant d'un parfum agréable, il ressemble beaucoup à une pomme d'api. — A propos de pommes, M. Derval, en voici qui ont été récoltées, l'automne dernier, dans les vergers de votre oncle, en accepterez-vous une?

— Volontiers, dit Maxime; Claude, je vais vous en passer la moitié.

— Non, Monsieur, gardez tout, puisqu'il vous plaît de manger des fruits qui ressemblent tant à celui de cet arbre où le plaisir habite avec la mort

Banka se prit à rire, et Maxime l'imita, car il commençait à se familiariser avec sa situation, à comprendre que le Javanais voulait seulement l'effrayer, et il avait butiné trop de pommes dans sa jeunesse, pour les confondre avec les fruits du mantenilier.

— Vous connaissez l'antchar, M. Derval, ou l'arbre upas comme on l'appelle plus communément? — On a beaucoup exagéré son funeste pouvoir, on a prétendu que les exhalaisons qui s'échappent de ses branches, frappent de mort tous les êtres qui osent passer sous son ombre. — Ce qu'il y a de sûr, c'est qu'une goutte du suc laiteux qui découle du tronc de l'antchar, suffit pour donner la mort. C'est à Java que vos contes européens de poisons foudroyants deviendraient d'effrayantes réalités; c'est à Java qu'on peut tuer un homme fort et bien portant, en lui serrant la main, en remplissant sa coupe, en lui offrant un fruit, une fleur.

Claude écoutait avec une terreur manifeste et Maxime lui-même était soucieux.

Pourquoi, dans quel but, cet homme parlait-il ainsi? Est-ce parce qu'il était sûr de sa vengeance, parce qu'il la tenait dans sa main? Était-ce seulement pour les effrayer, qu'il maintenait l'entretien sur ce sujet lugubre? voulait-il les engager à se mettre sur leurs gardes, ou les avertir qu'il était trop tard pour se défendre?

CHAPITRE VI

Les deux Français revinrent au digging beaucoup plus sombres et plus préoccupés qu'au moment du départ. Max s'appuyait sur le bras de Claude, Claude penchait sa tête vers celle de Maxime, comme s'ils eussent cherché à se soutenir et à se défendre l'un l'autre.

Ce fut le paysan qui parla le premier.

— Mon cher jeune maitre, dit-il d'une voix tremblante, je crois que c'est fini.

— Fini, Claude? que voulez vous dire?

— Là, Monsieur, qu'il ne nous reste qu'à recommander notre âme à Dieu et à mourir avec résignation.

— Mourir! allons donc! qui songe à nous faire mourir?

— Eh! ce tigre, cet homme qui nous a torturés, une heure durant, avec ses abominables récits. N'avez-vous pas vu, cher M. Maxime, qu'il veut se défaire de nous par le serpent, par la panthère, par le poison?... Dieu du ciel, c'est peut-être chose accomplie, nous sommes peut-être empoisonnés!... Qui peut dire que nous n'avons pas bu et mangé du manconilier, de l'antchar et de l'arbre upas? Et tenez, tenez, je souffre déjà! voyez-vous ce frisson qui me prend, cette sueur froide qui m'inonde le front?

— Mais vraiment, Claude, vous n'avez pas plus de raison qu'un enfant, c'est votre imagination seule qui est malade, votre esprit qui est frappé; si cet homme avait eu l'intention de se défaire de nous, croyez-vous qu'il nous aurait conté ces lugubres histoires? songez donc qu'il suffirait de le dénoncer pour...

— Le dénoncer? à qui, M. Max? au juge Lynch?

— Non, au commissioner (commissaire de police).

— Le commissioner entend journellement trop de plaintes pour attacher beaucoup d'importance à la nôtre; d'ailleurs la belle consolation de penser que cet homme serait puni!

— Vous ne me comprenez pas; je dis...

— Je dis, moi, Monsieur, que je souffre affreusement et que j'ai bien peur.

En effet, le pauvre Claude était rouge, puis pâle, puis de nouveau très rouge; il avait chaud, ce qui ne l'empêchait point de grelotter, son état semblait très alarmant et à quoi pouvait-il attribuer ces fâcheux symptômes, si ce n'est à une décoction d'antchar ou de mancenilier?

Pourtant lorsque le lendemain, lorsque les jours suivants, il se trouva encore en vie et en parfaite santé, il comprit, comme Maxime, que le Javanais avait voulu seulement les avertir et les menacer.

Mais ces menaces, cet avertissement, ne suffisaient-ils point pour maintenir les deux Bourguignons dans un état perpétuel d'angoisses et de défiance?

M. Harris venait d'écrire que l'affaire du testament était entre les mains du meilleur sollicitor de Sydney, il donnait l'adresse de cet homme de loi à Maxime, en l'engageant à lui envoyer les lettres de M. Janvier Derval, et il affirmait que le jeune européen pouvait compter sur la bienveillance et la sympathie de plusieurs personnes honorables, qui allaient le servir chaudement.

Si Banka avait connaissance de ces faits, s'il apprenait qu'on allait plaider contre lui, que ferait-il ou plutôt que ne ferait-il pas?

— Il faut partir immédiatement disait Claude, allons à Sydney, déposons notre plainte, choisissons un bon avocat, confions-lui nos intérêts, laissons-lui, ainsi qu'à ce judicieux sollicitor, le soin d'appuyer nos droits, et retournons en France, sans attendre une solution. Quand nous aurons cause gagnée, M. Harris se chargera bien de nous envoyer les billets de banque de feu M. Janvier.

— Voilà un sage conseil! s'écria Maxime. Non certes, mon cher Claude, je ne retournerai point en France maintenant, et cela pour deux motifs. Le premier, c'est que je veux suivre de près toutes les phases du procès, le second, c'est qu'aucun capitaine de vaisseau ne nous recevrait gratis à son bord..

— Oh, M. Max, pour ce qui est de ceci, M. Harris nous prêterait....

Maxime l'interrompait en disant d'un ton ferme et sévère, qu'on avait déjà contracté beaucoup trop d'obligations envers M. Harris, et l'entretien en restait là, pour être repris lendemain, sur le même sujet, et dans les mêmes termes.

Cependant les deux amis commençaient à exercer le métier de mineurs avec plus d'expérience et de profits. Les fouilles devenaient de jour en jour plus fructueuses, et trois mois à peine s'étaient écoulés, depuis que Banka les avaient admis à sa table, lorsqu'ils se virent enfin à la tête d'une somme assez ronde pour pouvoir songer sérieusement à partir. Claude était bien joyeux, et Maxime lui disait d'un air triomphant.

— N'est-ce pas mon ami, que j'ai bien fait de ne point vous écouter? si j'avais suivi vos conseils, à cette heure, nous serions à Sydney, sans pain et sans asile?

— Ah! Monsieur, oui sans doute, c'est vous qui avez été le plus sage, et qui m'avez empêché de jeter le manche après la cognée.... Tout va bien présentement, et dans quelques jours nous pourrons faire nos adieux au seigneur Banka.

Ce n'était point une phrase en l'air que prononçait Claude, quand il parlait de faire une visite d'adieu à Banka. Le neveu et le beau-frère de M. Janvier continuaient à se voir quelquefois, ils

semblaient être ensemble dans de fort bons termes,
et le généreux Maxime faisait son possible pour
amener à composition le rusé Javanais. Mais celui-ci
ne cédait point d'une ligne, d'un dollar, et, sous une
urbanité parfaite, il laissait entrevoir qu'il ne
reculerait devant rien pour conserver l'héritage.

Un soir Maxime lisait à Claude une lettre de
M. Harris, tandis que Fred s'occupait à faire griller
des côtelettes; sur la table était posé le petit sac de
peau contenant les pépites, et les trois associés le
regardaient de temps à autre, en échangent un
joyeux sourire.

Tout à coup, le nègre poussa un cri aigu, leva
les bras avec épouvante, et se jeta dans son hamac,
en désignant un énorme reptile qui rampait au fond
de la tente.

Claude, non moins troublé, fit quelques pas en
arrière, et parut chercher une massue pour écraser
le monstre. Quant à Maxime il demeura froid et
calme : avec autant d'adresse que de présence
d'esprit, il saisit son fusil, en asséna un coup terrible sur la tête du serpent et le tua raide.

— Oh Dieu! dit Claude avec effroi.

— Bah! répliqua Maxime, ce n'est qu'un serpent.

— Un serpent noir, Monsieur.

— Oui, dit le jeune homme après l'avoir examiné,
c'est bien le black-snake dont la piqûre est mortelle. c'est la première fois que l'on voit, dans la

tente d'un mineur, un serpent de cette espèce... le
black-snake est très sauvage et fuit l'homme..,
Comment se fait-il?...

— Ah Monsieur! ah mon cher enfant! pouvez-
vous demander comment il se fait?... Ne vous
souvenez-plus du rajah et de la panthère noire?
Ne devinez-vous pas quelle est la main qui nous a
fait ce présent? L'homme que nous gênons nous a
condamnés et voici l'heure...

Maxim effecta de rire bien haut; mais cette nuit
là, il ne dormit guère plus que ses compagnons, et
le lendemain, à l'aube, ils tinrent tous trois un
sérieux conciliabule.

Il fut convenu que l'on cacherait avec soin le
jour du départ, et que l'on continuerait de travailler jusqu'au dernier moment, afin d'enlever tout
soupçon au Javanais, et Fred, qui était lié d'amitié
avec les nègres du voisinage fut chargé de faire
ses efforts pour parvenir jusqu'aux domestiques
de Banka. Ce n'était pas très difficile, ces domestiques étaient, sans exception, des hommes de couleur, et tous les nègres de Ballarat communiquaient
ensemble; pourtant Fred, malgré sa bonne volonté
et ses ruses ingénieuses, ne put trouver l'occasion
de faire connaissance avec les gens du terrible Javanais; mais il sut devenir le Pylade d'un Oreste
Australien, qui était en même temps l'ami intime
d'un jeune nègre employé au store de Banka.

Tout cela n'était pas très rassurant et ne servait

pas à grand chose; mais le moment de partir appro-
chait, et Claude commençait à devenir très brave,
et à rire tout haut de ses angoisses passées. La
veille du départ, il rentra le premier dans la tente,
et en attendant ses compagnons, il se mit à faire
sans bruit ses préparatifs. Il achevait de boucler
sa valise, lorsque Maxime revint, portant la pioche
et le plat à laver la terre.

— Fred est sorti? dit le jeune homme.

— Non, Monsieur, repartit Claude, il n'est point
rentré encore.

— Cela m'étonne, chaque soir nous le trouvons
occupé à préparer le souper.

— Oh ! dit Claude, il va venir.

— Sans doute, reprit tranquillement Maxime.

Fred rentra en effet, un instant après. Il remuait
les bras, il roulait de gros yeux effarés, il avait les
lèvres toutes blanches, et la pâleur des nègres, qui
est effrayante à voir.

— Oh! mon maître! Oh! méchant homme!
s'écria-t-il en joignant les mains, si nous pas savoir,
nous rôtir comme pauvre petit oiseau des bois !

Il tourna sur lui-même et s'affaissa sur le sol.

— Eh bien! qu'est-ce donc? dit Maxime avec
impatience.

— Ah! maître... Banka du store...

— Allons, interrompit Max en riant, je m'en doutais; il s'agit encore de Banka. Il faut que, jusqu'à
la fin, le nom de ce drôle serve d'assaisonnement à

tous nos repas. Eh bien! qu'a fait de nouveau le seigneur Banka?

Fred prit le jeune homme par la main, et l'amena auprès d'un baril placé tout au fond de sa tente.

— Qu'est-ce que cela? lui dit-il,

— De la poudre. L'ignorez-vous?... vous l'avez achetée vous-même.

Fred secoua mélancoliquement sa tête crépue, retourna le baril dans tous les sens, et désignant du doigt un bouchon de liége enfoncé dans les douves.

— Qu'est-ce que cela? dit-il encore.

Maxime regarda Claude, qui regarda Fred.

— Pourquoi a-t-on percé les douves du baril au moyen d'une tarrière? reprit l'Australien. Est-ce maître Max qui a mis ce bouchon, ou si c'est maître Claude?

Ce n'était ni maître Claude, ni maître Max, et personne ne répondit; le nègre continua d'une voix lente.

— Méchant Banka vouloir faire sauter nous cette nuit, et avoir envoyé quelqu'un pour percer les douves, pendant que nous travailler... Mais moi tout savoir par le moyen de Tommy.

Tommy était l'ami de cœur de Fred et du domestique de Banka.

— Comment! s'écria Maxime, quelqu'un se serait permis d'entrer ici, de...

— Oui, oui, interrompit Claude, on s'est permis... ne perdons pas de temps en paroles, il va
venir, et nous sommes morts, si nous ne fuyons
pas.

— Quelle absurdité, reprit Maxime. Ne voyez-
vous pas qu'il suffit d'enlever le baril, et de le pla-
cer au milieu de la tente pour déjouer entièrement
le projet de notre ennemi? Vous ne supposez point
que Banka va venir disposer la mèche sous nos
yeux. On voulait profiter de notre sommeil pour
mettre le feu, mais nous ne dormirons pas, et le
Javanais en sera pour ses frais.

Claude ne répondit point et se mit à marcher avec
agitation.

— Monsieur, s'écria-t-il au bout d'un instant,
j'ai un projet.

— Lequel, Claude?

— Il faut fuir.

— Vraiment? Vous avez fini par trouver cela?

— Laissez-moi achever, Monsieur. Quand je dis
fuir, je m'exprime mal. C'est-à-dire que nous allons
partir immédiatement, dans l'ombre, sans faire de
bruit, après avoir eu soin de remettre le baril à sa
place et toutes choses en état. L'homme, qui viendra disposer et allumer la mèche, n'entrera point
dans la tente, il se contentera de pratiquer une
ouverture dans la toile, et il ne pourra s'apercevoir
de notre disparition. La tente sautera, brûlera, on
nous croira ensevelis dans les décombres, et nous

pourrons gagner Sydney, et voir nos juges, avant que Banka apprenne que nous existons encore.

— L'idée est bonne, dit Maxime en réfléchissant, mais cette poudre... cet incendie... si les voisins...

— Il n'y a aucun danger, Monsieur, les tentes les plus proches sont encore trop éloignées de celle-ci pour courir le moindre risque... Banka le sait bien.

Quelque criminel qu'il soit, il ne voudrait pourtant pas mettre le feu au camp.

Les trois associés eurent bientôt achevé leurs préparatifs. Chacun emporta ses vêtements, son fusil et quelques provisions. Fred voulut absolument ajouter à son fardeau quelques-uns des outils qui, disait-il, étaient bons pour la vente.

Il pouvait être minuit, lorsque les voyageurs, sortant de la tente, se dirigèrent vers la petite montagne qui domine Ballarat. Ils gravirent en silence le chemin escarpé, et ils allaient atteindre le sommet de la colline, quand une forte détonation se fit entendre du côté du digging.

Ils tressaillirent, s'arrêtèrent, et se détournèrent tous ensemble sans s'être consultés.

Un jet de flammes, entouré d'innombrables étincelles, s'élevait vers le ciel.

La tente brûlait.

Fred laissa échapper un éclat de rire guttural, Max joignit les mains pour remercier la divine Providence et Claude tomba à genoux.

Après une courte pause, durant laquelle personne
ne parla, ils reprirent leur marche et ne tardèrent
pas à entrer dans les bois.

C'était une nuit d'été d'une douceur et d'une
sérénité charmante. La lune, qui brillait à la cime
des eucalyptus, semblait poser un diamant sur la
pointe de chaque brin d'herbe, et donnait à la forêt
sombre l'aspect le plus bizarre, le plus fantastique.
Les casuarinas ressemblaient à des vaisseaux gréés,
les fougères gigantesques à des animaux antédiluviens, les gommiers frissonnaient sous le vent, et
les pâles mimosas prenaient des teintes argentées.

Quelques susurements légers et vagues se faisaient entendre dans le feuillage. C'étaient des chu-
chotements d'oiseaux, des battements d'ailes, des
froissements de branches écartées par le passage
d'un dingo ou la fuite d'un peureux polatouche.

Pas d'autres bruits. Jamais silence ne fut plus
profond, plus mystérieux, plus solennel, ne ramena
plus à Dieu le cœur ému, et ne l'invita davantage à
s'entretenir avec lui.

Les voyageurs marchaient sans crainte et cau-
saient à demi voix.

— Ah ! disait Claude, que c'est bon, la nuit, les
forêts, la solitude ! Depuis que j'ai quitté New-
Mâcon, voici la première fois que je respire libre-
ment, joyeusement. Il me prend une envie irrésis-
tible de rire et de chanter, quand je songe que nous
ne sommes plus sous la griffe de Banka. Odieux

Banka! Ah! mon drôle, on vous apprendra à vouloir jouer au fin avec des Bourguignons! Le voyez-vous, ce magot cuivré, qui croyait avoir plus d'esprit à lui seul que deux habitants de Saint-Albin-lez-Mâcon! Il s'en mordra les doigts, le traître, et ce sera bien fait!

A deux heures du matin, la petite troupe s'arrêta dans une clairière tapissée d'un gazon soyeux, et baignée par les plus doux rayons de la lune.

On s'assit, on étala les provisions sur l'herbe, et tout le monde mangea avec appétit, car personne n'avait soupé.

Lorsqu'il fallut se remettre en marche, on remarqua que trois chemins, au lieu d'un venaient aboutir à la clairière, trois chemins qui étaient absolument semblables, et paraissaient se diriger vers le même but.

— Vous voyez, Claude, dit Maxime à son ami.

— Oui, Monsieur, nous n'avons que l'embarras du choix... peu importe du reste de prendre l'une ou l'autre de ces routes. Elles sont tracées parallèlement et finissent par se rejoindre. Vous savez que les mineurs ont l'habitude de se frayer de nouvelles voies dès que les anciennes se défoncent, s'abîment, se remplissent d'ornières. Au surplus, j'opine pour qu'on s'engage dans ce chemin, à gauche. Il paraît plus large, plus fréquenté que les autres, et évidemment il correspond avec celui que nous venons de quitter.

— Alors allons à gauche, dit Maxime en manifestant quelque hésitation.

Pendant une heure à peu près, le nouveau chemin fut sinon commode, du moins praticable, mais ensuite il se rétrécit, s'obstrua, il prit la forme d'un étroit sentier, coupé de place en place par de gros buissons, des fougères, et finalement il n'y eut plus ni route, ni chemin, ni sentier, mais des taillis partout, des lianes, des ronces, des fourrés inextricables, dominés par des arbres millénaires.

— Il faut retourner sur nos pas, dit Maxime. Rien n'est plus facile que de s'égarer dans les forêts de la Nouvelle-Hollande, ainsi rebroussons chemin avant que nous n'ayons tout à fait perdu le fil d'Ariane.

Rebrousser chemin! c'était plus simple à dire qu'à exécuter, et, malgré tous leurs efforts, les voyageurs ne purent retrouver la voie qu'ils venaient de quitter.

Ils allaient à droite, à gauche, en avant, en arrière, dans les buissons, dans les fourrés, sous les grands arbres et les fougères enchevêtrées, partout où il n'y avait pas trace de chemin.

Les routes, qui sillonnent les forêts de la Nouvelle-Hollande, ressemblent au sentier de la vertu: dès qu'on s'écarte de la droite ligne, il est extrêmement difficile de revenir sur ses pas.

Les malheureux voyageurs allaient, venaient, tournaient, se heurtaient aux troncs gigantesques, s'écorchaient aux rameaux épineux, se blessaient les pieds, les bras, les jambes et s'égaraient de plus en plus.

Rien pour les garder. Rien, si ce n'est la pleine lune et les belles étoiles qui brillaient au ciel. Mais Maxime ignorait la science utile et charmante au moyen de laquelle on peut chercher son chemin dans les astres, et son itinéraire parmi les merveilles du firmament. La resplendissante Croix du Sud scintillait dans l'azur, et il ne savait pas qu'elle était un guide infaillible, et il ne la distinguait même point au milieu des autres constellations.

Le pauvre enfant n'avait reçu que l'éducation d'un villageois. Le maître d'école et M. Derval son oncle lui avaient appris un peu de géographie, de latin, d'histoire et d'histoire naturelle. Au moment d'entreprendre son grand voyage, il avait étudié l'anglais presque sans professeurs, et c'était à peu près tout. Quant à l'astronomie, il ne la connaissait que de nom.

Aussi maintenant se trouvait-il bien empêché. Il n'avait pas plus songé à se munir d'une boussole que d'un guide, et il ne savait où donner de la tête.

A la fin, le trio fatigué et découragé s'assit dans l'herbe, avec l'intention d'y demeurer jusqu'au lever du soleil.

La nuit était toujours sereine, mais l'horizon se couvrait de nuages légers, et le vent qui s'élevait, commençait à exécuter dans le feuillage les plus bizarres mélodies.

De minute en minute, il devenait plus violent, ce vent d'orage, chaud et lourd. Il courbait les tiges flexibles des jambosiers et des épacris en fleur, et balançait la cime des eucalyptus les plus élevés.

Il soufflait du nord, et Fred fit observer que cela annonçait une pluie prochaine.

— Tant pis, tant pis, murmura Claude. Mais tout est donc à l'envers dans cette affreuse Australie? Chez nous dès que le vent du nord s'élève, le jardinier arrose ses choux. Il est vrai que chaque pays a ses usages.

Là-dessus l'honnête Bourguignon s'arrangea pour dormir, la tête appuyée sur sa valise, et ses compagnons suivirent son exemple.

CHAPITRE VII

En s'éveillant, Claude aperçut Maxime qui, déjà debout, interrogeait l'horizon avec inquiétude.

— Bonjour, Monsieur, lui cria-t-il, comment allez-vous ce matin? Vous paraissez soucieux. J'espère pourtant que notre position n'est pas devenue plus mauvaise?

Le jeune homme secoua la tête et consulta sa montre.

— Claude, dit-il, savez-vous bien que le soleil devrait être levé depuis plus d'une heure?

— Voyez-vous cela! Le paresseux! Il n'en fait jamais d'autres. Il est capable de dormir la grasse matinée.

— Ne plaisantez point, Claude, je crois qu'il va pleuvoir, repartit Maxime toujours soucieux.

— Eh bien! Monsieur, la pluie ne nous fait pas peur, à nous autres villageois. Ne sommes-nous pas habitués à recevoir sur le dos des ondées soudaines?

— Oui, murmura le jeune homme, là n'est point le mal... Mais comment s'orienter sans soleil?

— Sauf respect, je ne vois point la nécessité de s'orienter, comme vous dites. A présent qu'il fait jour, retrouvons le chemin que nous avons parcouru cette nuit, retournons à la clairière où nous avons soupé et là nous chercherons la vraie route.

Max continua à secouer la tête d'un air très inquiet.

— Vous avez entendu les récits des mineurs, dit-il en paraissant réfléchir. Ne nous ont-ils pas tous affirmé qu'il est extrêmement facile de s'égarer dans ces forêts, et presque impossible de se rapprocher du chemin, une fois qu'on s'en est écarté de quelques pas? Ne nous ont-ils pas répété souvent qu'il n'est pas rare de rencontrer des voyageurs qui ont

erré dans les bois pendant des semaines entières?
Cela se comprend. Ici tout est si parfaitement uni-
formel Les fourrés, les taillis, les clairières, les
rochers, les crecks semblent tous taillés sur le même
modèle. Impossible de se diriger d'après le plus léger
indice, de compter sur autre chose que sur la boussole et le soleil. Mais mon Dieu, comment n'ai-je
point songé à me procurer une boussole? Il est vrai
que nous sommes partis si précipitamment.

— Je n'ai pas de boussole, dit Claude, et le soleil
ne paraîtra peut-être point aujourd'hui. Pourtant,
sans savoir ni astronomie, ni géographie, j'ai un
moyen de reconnaître les quatre points cardinaux.

— Ah! vraiment? Voyons cela.

Claude examina les troncs des arbres, la mousse
qui croissait à leurs pieds, puis se redressant, levant
la tête et étendant le bras :

— Voilà le nord, dit-il.

— Vous en êtes sûr?

— Parfaitement, M. Max.

— Alors la chose devient fort simple. Si nous avons
le nord devant nous, le levant se trouvera à notre
droite.

— A notre droite, oui. Ça n'est pas plus malin que
cela. Maintenant déjeunons, après quoi, nous nous
mettrons en route. — Fred, vous avez compris ce
qu'on vient de dire?

— Ui, ui, déjeûner.

— Et marcher, mon garçon, et marcher jusqu'à
ce que nos pieds nous refusent tout service.

Pour les trois voyageurs, la journée fut bien nlongut
et bien pénible. Ils explorèrent le bois avec un courage et une patience dignes d'éloges, sans pouvoir
sortir de ce dédale. On devine facilement tout ce que
cette course avait de fatigant et de douloureux, et
combien les heures devaient paraître lentes aux
malheureux pour lesquels chaque minute amenait de
nouvelles angoisses.

Il ne pleuvait point; mais de gros nuages couleur
de plomb passaient sur la cime des arbres comme
des fantômes errants. On ne voyait ni ciel, ni terre.
De l'herbe partout et partout du feuillage.

Les fardeaux dont les voyageurs étaient chargés
gênaient beaucoup leur marche. Vingt fois, Fred fut
sur le point de jeter le sien, mais les exhortations,
les menaces, les cris de Claude l'obligèrent, bon gré
mal gré, à traîner jusqu'au bout cette pesante besace.
Maxime ne se plaignait point et portait vaillamment
sa lourde valise, mais le pauvre enfant était exténué.
Claude seul, courageux et fort, affirmait que son
bagage à lui ne pesait pas un grain.

Vers le soir, l'horizon s'éclaircit, le soleil se montra
timidement au travers d'un rideau de nuages, et en-
voya quelques flèches d'or sur le gazon noirci par
les ombres.

— Eh mais! s'écria Maxime étonné. Voyez donc

Claude, le soleil se couche précisément à l'endroit où, d'après vos indications, devait être le levant.

— Impossible, Monsieur, impossible.

— Regardez plutôt.

— Mais oui, c'est vrai. Ah! par exemple! voilà qui est drôle, et qui prouve bien qu'ici c'est le monde renversé. Car enfin, pour reconnaître le nord, je me suis servi d'une remarque fort simple, qui m'a réussi bien des fois dans nos forêts de Bourgogne.

— Et quelle est cette remarque, je vous prie?

— Oh! elle n'a rien de bien merveilleux. Sachant, par expérience et par ouï-dire, que le tronc des arbres se couvre, du côté du nord, de mousse, de lichen, de plantes parasites qui ne vivent qu'à l'ombre, et qui périraient si elles étaient exposées au vent et au soleil du midi, j'ai reconnu d'après cet indice.

— Il est joli votre indice! s'écria Max avec humeur. Comment ai-je eu la bonhomie de vous suivre, sans vous demander aucune explication? Mon pauvre Claude, ajouta-t-il d'un ton plus doux, ce que vous avez pris pour le nord est précisément le midi.

— Eh! quoi, Monsieur, dans ces malheureux bushs, comme dit Fred, c'est au midi que les troncs des arbres se couvrent de mousse?

— Oui, Claude, par la raison toute simple que le tropique du Capricorne...

4

— Bah! bah! les trois piques!... Quand nous avons passé sous ces trois piques et sous la ligne, et que les matelots du *Derby* ont voulu me les faire voir dans une longue vue, ne m'avez-vous pas dit que tout ça c'était des frimes?

Le jeune homme sourit en se rappelant l'innocente mystification que les marins du *Derby* s'étaient permise à l'égard des passagers novices et crédules; puis il reprit d'une manière plus appropriée à l'intelligence de son interlocuteur :

— Mon bon Claude, ne savez-vous pas qu'en ce pays la chaleur nous vient du nord, que l'ombre et la fraîcheur se trouvent au midi, que c'est du côté du nord qu'est le tropique, et que le pôle et ses glaces sont au sud? Par conséquent les plantes qui aiment l'ombre et l'humidité croissent dans les endroits exposés au midi, au lieu de s'épanouir comme en Bourgogne, dans les lieux qui regardent le nord. Voilà ce que vous eussiez compris aussi bien que moi, si vous eussiez pris la peine de réfléchir.

— Oui, M. Max, oui, j'aurais dû réfléchir, dit Claude en se donnant un grand coup sur la tête. J'ai été plus étourdi qu'un hanneton, et ce qui me fâche, c'est que vous êtes puni à cause de ma sottise. Enfin il n'y a de perdu qu'une dizaine d'heures.

— Et un chemin.

— Oh! les chemins ne manquent point par ici, le tout est de mettre le pied dedans.

Maxime inclina la tête d'un air accablé.

— Mon cher jeune maître, s'écria Claude, pour l'amour de Dieu, ne prenez point cette mine abattue, vous me brisez le cœur. Pourquoi nous désoler? Notre position n'est pas terrible. Quels dangers courons-nous? Nous avons des provisions, et il n'y a dans ces bois d'autres animaux malfaisants que le serpent noir, qui a aussi peur de l'homme que l'homme a peur de lui. Nous nous sommes égarés. Le beau malheur! Tous les diggers se sont égarés plus ou moins, et tous ont fini par retrouver leur chemin. Dieu ne nous abandonnera pas plus qu'il ne les a abandonnés.

— Amen, murmura Maxime. Sur ce, soupons et faisons notre prière du soir.

On étala encore une fois les provisions. Elles commençaient à s'épuiser, et Claude déclara qu'il fallait les ménager autant que possible.

— Nous avons encore des vivres pour deux jours, fit-il observer. C'est plus de temps que nous n'en mettrons pour sortir du bois. Cependant arrangeons-nous de manière à ne pas être pris au dépourvu. On mangea peu. Mais si l'estomac de chacun se contenta volontiers d'une demi-ration de viande et de pain, il n'entendit pas raison quand il fallut mesurer les provisions liquides. Les voyageurs étaient altérés, et ils avaient donné si souvent l'accolade aux outres pendant cette longue journée, qu'il leur restait à peine quelques verres d'une ale épaisse, aigrie, brûlante.

— Avec quel plaisir je boirais un peu d'eau de source, dit Claude en traduisant ainsi à haute voix la pensée de chacun.

— Je le crois sans peine, répliqua Maxime. Mais mon cher ami, je vous conseille de faire de nécessité vertu, car nous n'avons pas de source à notre disposition.

— Et c'est bien terrible, M. Max, on trouve de l'eau partout, et il faut justement que nous en manquions... Eh quoi! pas une goutte? En France, en Bourgogne, il y a tant de ruisseaux dans les bois, mais ici... fi, le vilain pays! Est-elle sèche, aride, calcinée, cette vieille Australie! Ah! terre affreuse, terre désolée! cria-t-il en frappant le sol avec la crosse de son fusil.

Fred tout à fait réjoui par cette pantomime, se renversa en arrière, et montra ses dents blanches dans un large éclat de rire.

— Moricaud, s'écria Claude irrité, je vous défends de vous moquer de moi.

— Moi pas moqué! repartit vivement le nègre.

— Et quoi faire alors? demanda Claude en le contrefaisant.

— Moi rire, parce que moi content.

— Et la cause de ce grand contentement, je vous prie?

— C'est que pauvre nègre avoir soif beaucoup.

— Vraiment? Vous êtes charmé, n'est-ce pas do
trouver cette occasion de vous mortifier?

— Fred pas mortifié, pas charmé..... Européen
charmé, lui. Européen marché sur l'herbe qui charmé,
car lui avoir des yeux et pas voir.

— Comme vos fétiches, mon garçon, ces fétiches
qu'en homme de sens vous avez reniés, brûlés, ren-
versés... mais, s'il vous plaît, qu'est-ce que je ne
vois pas?

— L'eau, master Claude, l'eau fraîche et bien
bonne.

— Il y a de l'eau ici?

— Pas ici... là, dit Fred en désignant un petit
endroit dégarni d'arbres.

Claude se leva, et courut au lieu indiqué avec la
joie naïve d'un enfant.

Cette clairière, tapissée d'un joli gazon fin et vert
émaillé de charmantes fleurs bleues à tiges ligneu-
ses, ne présentait aucune trace de ruisseau ni de
fontaine.

— Eh bien! cette eau? dit Claude désappointé.
Fred étendit la main.

— Là, sous l'herbe, dit-il. Partout où est petite
fleur bleue, se trouve aussi eau bonne à boire. Petite
fleur pas vivre sans eau.

Il s'approcha, et avec la crosse de son fusil, il
frappa fortement le sol qui semblait parfaitement
sec, bien que le gazon fût plus vert, plus frais,

plus touffu que celui qui croissait à quelque distance.

Aussitôt, sous cette pression, l'eau jaillit en petites
gouttelettes, et les trois hommes, ravis de ce succès,
recommencèrent l'opération, en y mettant plus de
formes et de précaution.

De cette manière, ils purent remplir leurs outres
d'une eau excellente et très fraîche.

— Seigneur, Seigneur, s'écria Claude en buvant
à longs traits, que vous êtes bon d'avoir placé de
semblables éponges et de tels réservoirs au milieu
de ces déserts ! — Fred, mon garçon, est-ce qu'il
y en a beaucoup comme celle-ci, de ces sources
cachées ?

— Ui, dit le nègre, beaucoup, beaucoup ; et bien
plus grandes et très profondes. Quand vous apercevoir petite fleur bleue, pas courir ; mais marcher
avec prudence. Pas difficile de noyer vous, et master
Max, et le pauvre Fred.

— Nous noyer sur du gazon ! L'entendez-vous,
Monsieur ?

— Oui, Claude ; et je comprends ce qu'il veut
dire. Il y a en effet, dans l'intérieur de la Nouvelle-
Hollande, de grands lacs tellement cachés sous les
herbes, qu'on les prendrait pour de vertes prairies.
Malheur à l'imprudent qui s'aventurerait sur cette
trompeuse verdure.

Après avoir achevé ce repas que l'eau fraîche rendit

délicieux, les trois voyageurs s'endormirent auprès de la source aux longues herbes.

Lorsqu'ils s'éveillèrent, le soleil brillait à l'horizon, l'air était doux et pur, il n'y eut jamais plus riante matinée.

Ce charme, cette grâce, cette splendeur de la nature, frappèrent vivement le jeune Max, peu habitué encore à avoir de semblables tableaux sous les yeux.

Tandis que ses compagnons préparaient le déjeuner, il demeurait assis sur la pelouse, et considérait avec émotion les moindres détails de la jolie scène matinale, que les habitants du bois paraissaient jouer pour cet unique spectateur.

La fraîcheur de l'herbe attirait des nuées d'insectes et des bandes d'oiseaux au-dessus de la source cachée. L'oiseau-lyre, cette merveille des déserts australiens, étalait sur le gazon humide sa belle queue qui ressemble à un luth antique. Des milliers de perroquets, les plus remarquables du globe, s'ébattaient dans le feuillage. L'œil se fatiguait à suivre leurs cercles éblouissants. Au milieu de cet amas de couleurs, qui se mêlaient sans se confondre, qui constrastaient si vivement sans se heurter, l'or, l'argent, l'azur, la pourpre, l'émeraude scintillaient, brillaient, miroitaient au soleil, et donnaient le ton à cette gamme de nuances qui commençait au gris perle, pour finir au noir le plus foncé.

Une ombre mystérieuse, égayée de place en place
par les clairs rayons du soleil, régnait sous ces
voûtes imposantes. Si l'on ne retrouvait point ici
l'éclat, la beauté, la végétation luxuriante des forêts
vierges de la Louisiane, on ne pouvait parcourir sans
émotion ces bushs, dont l'aspect sévère et grandiose
avait bien aussi son charme et sa poésie. De grands
arbres millénaires, vermoulus, rongés jusqu'à la
moelle, croulaient de vétusté ; et, semblables aux
fleurs qui croissent sur les tombes, des mousses vertes, brunes, violettes, décoraient ces cadavres géants.
Les banksia, nommés en l'honneur du navigateur
Banks, compagnon du capitaine Cook, les proteas,
les embothrium, les exocarpos, au feuillage triste
comme celui du cyprès, les cycas aux noix véné-
neuses, les mélaleuca, les évodia, les xantoréa dont
la tige salutaire s'élance à plus de douze pieds d'une
souche rocailleuse qui fournit une résine odorante,
les mimeuses, les métrosidéros, les corréa, enfin
les gigantesques eucalyptus, formaient des bosquets
magnifiques, ombrageaient les clairières, dominaient
majestueusement les fourrés sombres, les taillis
épais, et leurs cimes orgueilleuses semblaient planer
entre ciel et terre.

Quelques kanguroos apparaissaient sous la ramée,
et s'enfuyaient avec épouvante dès qu'ils apercevaient
seulement l'ombre des voyageurs. Maxime aimait à
les voir sauter sur leur longue queue, avec de petits
bonds inégaux, comme les enfants qui vont à cloche-
pied.

Tout à coup le bruit d'une arme à feu fit tressaillir le jeune homme, et le sortit de sa rêverie.

— Qui a tiré? cria-t-il. Est-ce vous, Claude?

— Non, Monsieur, c'est Fred. Oh! l'étrange gibier qu'il a abattu! Venez donc voir, M. Max.

— Est-ce pour manger, cela, Fred?

— Oui, dit le nègre, bon, très bon.

C'était un kanguroo de la grande espèce.

Ces singuliers quadrupèdes, qui n'habitent que la Nouvelle-Hollande et les îles adjacentes, vivent en petites tribus au fond des lieux boisés. Leur sobriété est extrême. Ils trouvent leur nourriture sans peine, où la plupart des autres animaux mourraient de faim. Ils sont herbivores, et tout leur sert d'aliment: les fruits, les graines, les racines.

Rien n'est plus curieux que de les voir à l'état de repos. Ils se tiennent appuyés sur leur robuste queue et leurs pattes de derrière, tandis que la tête et le haut du corps offrent une position verticale. Les pattes de devant, rapprochées, repliées, pendantes au niveau de la poitrine, leur donnent un air étrange auquel on s'habitue difficilement.

Le kanguroo appartient à cette famille des marsupiaux qu'on retrouve sous tant de formes à la Nouvelle-Hollande, et qui ressemblent plus à des êtres antédiluviens, qu'aux différentes espèces d'animaux répandus dans toutes les parties du globe. Le nom de marsupiaux vient du sac ou poche que les femelles ont sous le ventre. Cette poche sert à renfermer les jeunes après leur naissance jusqu'au moment où leurs membres sont développés. Alors même qu'ils sont assez forts pour s'ébattre auprès de leur mère, celle-ci, à la moindre apparence de danger, les rassemble tous dans cette précieuse poche.

Les kanguroos sont d'un naturel doux, craintif, timide, ils ne cherchent qu'à fuir ceux qui les poursuivent; cependant lorsqu'ils sont poussés à bout, ils se défendent avec une certaine vigueur.

On mangea immédiatement celui que Fred venait de tuer. Le nègre le mit à la broche, après avoir allumé un feu assez considérable pour rôtir un bœuf. Les deux Français eurent quelque peine à accoutumer leur palais et leur estomac à cette viande coriace, sans saveur; mais leur compagnon trouva le régal délicieux, bien qu'il fût médiocrement épicé, car le poivre et le sel commençaient à leur manquer.

Fred, qui mangeait avec plus de plaisir et d'appétit que ses maîtres, eut terminé son repas avant eux, et les quitta pour aller remplir les outres à la source souterraine. Pendant ce temps, Maxime et Claude déchiraient péniblement le rable du kanguroo, et tenaient conseil sur la marche à suivre. Le jeune Max développait ses idées à ce sujet lorsque son ami l'interrompit en criant :

— Monsieur ! Monsieur ! j'entends le claquement d'un fouet.

Maxime écouta.

— Oui, c'est vrai, dit-il.

— Ah ! Monsieur, un fouet, songez donc ? c'est un convoi de mineurs qui passe ici près, courons, hâtons-nous, c'est dans cette direction. Pourvu que nous arrivions assez tôt ! Fred ! venez, Fred. Laissez les outres. Plus besoin, voici la diligence. Fred jeta les calebasses et s'élança sur les pas des deux Européens qui couraient à perdre haleine. Le bruit produit par le fouet arrivait à leurs oreilles de plus en plus distinct, de plus en plus rapproché.

— Vous entendez ? disait Claude.

— Oui, répondait Maxime, courage.

— Ui, ui, curache, curache, criait le nègre, mais moi rien entendre, et pas savoir pourquoi courir.

— Comment ! dit Claude, vous n'entendez pas ce fouet.

— Ce fouet ? répéta Fred en s'arrêtant.

— Oui, venez donc,

Le nègre s'assit, prit ses cheveux à pleine poignée et les arracha sans ménagement.

— Européens, rien savoir, dit-il avec dépit. Pas pouvoir distinguer le bruit d'un fouet du chant d'un petit oiseaux.

— Le chant d'un oiseau ? balbutia Claude.

— Eh quoi ! dit Maxime en s'arrêtant à son tour, aurions-nous entendu seulement le cri de cet oiseau qu'on nomme le cocher, parce qu'il imite à s'y méprendre le claquement d'un fouet?

— Si vous savoir, pourquoi courir ? demanda le nègre d'un ton de reproche. Vous bien avancé maintenant. Et si pas pouvoir retrouver les outres et les sacoches?

— Oh Dieu! oui, si nous n'allions pas les retrouver, reprit Claude avec terreur.

— Moi pouvoir, fit le nègre d'un air triomphant. Il grimpa au sommet d'un eucalyptus, et aperçut la légère spirale de fumée, qui s'échappait encore du brasier, devant lequel on avait fait rôtir le kanguroo.

Ils regagnèrent péniblement la source aux fleurs bleues, reprirent leurs valises, leurs outres pleines, et d'après le conseil de Fred, ils côtoyèrent les bords de ce ruisseau souterrain qui bientôt leur apparut mince et clair à fleur de sol. Il fut convenu alors qu'on ne s'éloignerait point de la rive. Mais fallait-il suivre la pente du ruisseau ou remonter son cours? Maxime trancha la question.

— Descendons, dit-il ; ce cour d'eau va probablement se jeter dans quelque fleuve qui, à son tour, se perd dans l'Océan.

Le pauvre enfant ignorait qu'en Australie une quantité de cours d'eau se dirigent vers l'intérieur de l'île, au lieu d'avoir leur embouchure dans la mer.

CHAPITRE VIII

Pendant trois jours encore, les voyageurs explorèrent cette forêt, dont les limites semblaient se
retirer devant eux, et le soir du troisième jour, il
ne leur restait ni provisions, ni espérance, ni courage. Claude et Fred ne faisaient point mystère de
leur abattement, ils se plaignaient sans honte, mais
Maxime qui grâce à l'éducation qu'il avait reçue,
possédait des sentiments plus délicats, plus épurés,
s'efforçait de montrer de l'énergie, de la gaîté même,
et cherchait autant que possible à en inspirer à ses
malheureux compagnons.

— Nous finirons bien par regagner la plaine tôt
ou tard, leur disait-il. Rappelez-vous que beaucoup
de nos camarades des mines ont passé par cette
épreuve, et qu'ils considèrent ces pérégrinations
dans les bois comme une chose aussi fréquente que
peu dangereuse.

Mais tandis que le jeune homme parlait ainsi une
fièvre ardente le minait; et il ne se traînait plus
qu'avec une peine inouïe.

En cherchant à franchir un de ces amas d'arbres
morts qui se présentaient à chaque instant devant
eux, il tomba lourdement, et ressentit au pied

gauche une douleur si violente qu'il s'évanouit.
Quand il reprit connaissance, il se vit sur les
épaules du robuste Fred, lequel avait confié à
Claude sa valise et celle de son jeune maître.
Celui-là trouva ce genre de locomotion si fatigant et si douloureux, à cause de sa jambe foulée
dont il souffrait horriblement, qu'il tomba dans un
état d'engourdissement et de prostration, assez
complet pour lui faire tout oublier, excepté la douleur physique.

Au bout d'un temps qui lui parut bien long, il
sentit qu'on le déposait à terre, et il comprit qu'on
allait camper là jusqu'au jour. Ce repos lui sembla
si délicieux, qu'il se serra étroitement dans son
manteau, et attendit que le sommeil vînt le visiter,
sans adresser aucune question à ses amis, et sans
vouloir partager leur souper, qui consistait en une
sarigue — famille des marsupiaux — rôtie et assai-
sonnée de poudre.

Maxime dormit une nuit entière et la moitié d'un
jour. Il était près de midi, lorsqu'il s'éveilla. Il
était seul, couché au pied d'un eucalyptus, non
plus en pleine forêt, mais au fond d'une petite
vallée verdoyante et fleurie.

Il s'assit et appela ses compagnons. Nulle voix ne
lui répondit. Ce silence l'inquiéta, il se demanda
si on ne l'avait pas mis en ce lieu pour y mourir.
Il se leva, et fit quelques pas avec une difficulté

extrême, car son pied gauche, enflé et meurtri, lui causait toujours de vives souffrances.

Malgré son trouble, il ne put s'empêcher de remarquer combien le lieu où il se trouvait était gracieux et pittoresque. Toutes les beautés de la nature australienne se montraient en raccourci dans cet étroit tableau. A gauche, un peu loin, s'étendait la forêt noire, sombre, antique. A droite s'élevait une colline toute parsemée de buissons verts, de jambosiers, et d'épacris, ces jolies bruyères des contrées tropicales. La vallée ressemblait à une fraîche et délicieuse oasis. C'était une splendide matinée et un ravissant tableau. Celui ci ne se composait pourtant que de choses bien simples : de grands arbres en fleur, de petites plantes qui embaumaient, un lac en miniature avec une guirlande de géraniums sur la berge, un ruisseau dont la voix animait ce silence. C'était tout et c'était charmant. On eût dit que tous les oiseaux du bois s'étaient donné rendez-vous en ce lieu ; sur les bords du ruisseau, les perruches coquettes et babillardes s'occupaient de leur toilette du matin ; elles lissaient leurs plumes, étiraient leurs ailes, faisaient la roue, en caquetant d'un air effaré.

Auprès de l'étang, courait un grand et magnifique oiseau, aux ailes si courtes qu'elles ne pouvaient guère servir qu'à accélérer sa marche. Maxime le reconnut pour en avoir vu une gravure dans ses livres d'histoire naturelle. C'était le casoar émeu

ou émou, une sorte d'autruche particulière à la
Nouvelle-Hollande. Ce grand échassier a la taille et
le port de l'autruche d'Amérique : son bec est noir,
son plumage d'un brun gris. Il est herbivore, très
sauvage, et il devancerait une antilope à la course.
C'est le mâle, dit-on, qui couve les œufs et prend
soin des petits.

Maxime, s'appuyant sur une branche de cycas qui
traînait à terre, voulut aller examiner de plus près
cet oiseau dont la taille et la marche légère le
frappaient vivement ; mais le casoar ne l'attendit
point, et partit comme une flèche dans la direction
du bois. En vrai écolier, le jeune homme le pour-
suivit pendant quelques minutes ; puis bientôt son
pied boiteux l'obligea à s'arrêter.

Comme il se rapprochait de l'eucalyptus, à l'ombre duquel il avait dormi, il aperçut Claude Astier
qui était très occupé à planter des pieux, et qui lui
cria sans interrompre sa besogne.

— Vous voilà donc debout, M. Max ? cela va mieux
à ce qu'il paraît ? Il n'est rien de meilleur qu'un
bon somme pour fortifier la santé.

— Oui, dit Maxime, je souffre moins ce matin ;
mais je vous prie, Claude, à quoi vous amusez-vous,
et que prétendez-vous faire de ces pieux ?

— Ces pieux, Monsieur, c'est pour soutenir notre
cabane.

— Une cabane !...

— Oh ! je sais ce que vous allez dire... Pourquoi

une cabane et non pas une tente? parce que nous
avons laissé notre toile à Ballarat... Il n'y a pas
d'autres motifs.

— Mais, Claude, qu'est-ce que cela signifie? J'espère que vous n'avez point perdu la raison, et que
vous ne songez pas à camper dans ce désert?

— Si bien, Monsieur, j'ai résolu d'y passer quelques semaines et peut-être quelques mois.

— Alors, bien du plaisir, je ne vous tiendrai pas
compagnie. Je vais partir avec Fred, si toutefois
mon pied blessé me le permet.

— Fred demeure ici, M. Max.

— Vous êtes donc devenus fous tous deux? A
quel propos, pour quel motif, voulez-vous vous en-
fouir dans cette solitude, lorsqu'en une journée il
vous serait possible d'atteindre les terres cultivées,
car maintenant que nous sommes sortis, je ne sais
comment de cette malheureuse forêt, je me fais fort
de vous conduire dans quelque ferme.

Claude souriait sans répondre et fouillait dans
ses poches.

— Que cherchez vous? lui dit Maxime avec impatience.

— Les motifs, Monsieur... ne m'avez-vous pas
demandé les motifs? repartit le paysan bourguignon
en déployant un ample foulard, qui était noué,
tordu, roulé avec soin. Il étira l'un des coins avec
une extrême précaution, et exhiba une pépite de l'or

le plus brillant, et grosse à peu près comme un œuf
de pigeon.

— Oh! oh! dit Maxime.

— Hein? fit Claude.

— C'est joli. Où avez-vous fait cette trouvaille?

— Là, Monsieur, sous ces rocs, au bord du ruisseau. J'ai mis le doigt dessus sans y penser. J'écar-
tais les herbes pour boire à même la source, quand
j'ai aperçu ce nugget. Je l'ai ramassé et j'ai
examiné la terre. M. Max, vous me croirez si vous
voulez, elle sent l'or! Il y a de l'or, des millions
peut-être autour de nous. Regardez ce terrain gras,
glaiseux, mêlé de gravier, de quartz blanc et rose,
n'est-ce point du Washing-stuff? Voyez-vous, nous
pouvons en quelques jours faire votre fortune,
la mienne et celle de Fred. Je songeais à ces choses
tout en serrant mon nugget, et en revenant auprès
de vous qui dormiez. « Encore une centaine de
billes, comme celle-ci, me disais-je, et le roi ne
sera pas mon cousin. » Et pour lors je méditais
sur les possibilités et sur les impossibilités de
demeurer ici et d'y conquérir la fortune. Je
me disais : « faut-il partir, faut-il rester? » Il y
avait du pour et du contre. Car enfin nous n'avons
ni provisions, ni pain, ni vin, ni rien au monde,
si ce n'est de l'or, et nos vêtements tombent en
loques. « Bah! me répétais-je en manière d'encou-
ragement, qu'est-ce que cela fait? Nous mangerons
du kanguroo, de la sarigue, des ragouts de racines

de fougère, des fruits de jambosiers, des choux palmistes à l'étuvée. Quant à nos vêtements... eh bien! ce ne sont pas les mieux vêtus qui sont les plus honnêtes. Bonne renommée vaut mieux que ceinture dorée. Un homme qui aime à s'attiffer n'a généralement pas l'esprit bien ouvert!...

— Enfin pour abréger, interrompit Max avec impatience, vous vous décidâtes à demeurer.

— Non, Monsieur, je ne fus complètement décidé qu'après avoir découvert le second motif — comme vous dites — que je vais vous montrer.

Claude déploya de nouveau le foulard de coton, défit un second nœud, et sortit d'un second coin un morceau de liége qu'il mit sous le nez de Maxime.

— Vous voyez cela? dit-il

— Oui, c'est un bouchon.

— De bouteille, et je l'ai trouvé ce matin dans le ruisseau.

— Cela prouve, Monsieur, que nous avons des voisins. Le bouchon suivait le fil de l'eau, il a été jeté par un colon ou par un mineur. Ainsi, en remontant le cours du ruisseau, nous arriverons chez des hommes civilisés — car les sauvages n'ont pas de liéges taillés de cette manière. Vous voyez qu'il nous sera facile de nous procurer des provisions, des vêtements et le reste. Mais motus Il faut de la prudence, si l'affaire s'ébruitait, si l'on découvrait notre trésor, adieu les pépites, les

nuggets, la fortune... — Que pensez-vous, M.
Maxime, de la façon dont j'ai employé mon temps
pendant que vous dormiez?

— Je ne sais que vous dire, balbutia le jeune
homme très ému, certainement je.... Oh! Claude,
vous n'ignorez point pour quel motif je désire
d'être riche. Vous n'ignorez point que mon cher
oncle et mes petites sœurs.....

— Ils seront tous millionnaires, interrompit
Claude avec expansion, oui tous, et le père Astier
aussi, et tous les habitants de Saint-Albin, grands
et petits, nageront dans l'abondance, car chacun
aura sa part du trésor. Nous ferons quatre cents heureux et pas de jaloux. Pour en arriver à ce magnifique résultat, il ne s'agit que d'avoir confiance et
bon courage.

— Curache et confiance! cria Fred qui apparaissait avec une superbe sarigue qu'il venait de tuer.

CHAPITRE IX

SUITE DU JOURNAL DE MAXIME.

Mon cher oncle, mes bonnes petites sœurs, nous
voici riches enfin, et sans avoir nui à personne, sans
avoir repris une seule obole à ce méchant Javanais

dont je vous ai parlé dans mes précédentes lettres.
J'espère que vous les recevez bien exactement , mes
lettres, et que celle-ci aussi que j'ai commencée
avant hier au soir vous arrivera en son temps.
Hélas ! quand la mettrai-je à la poste ? Dieu veuille
que ce soit bientôt. En attendant, j'ajouterai presque chaque soir quelques pages à cette volumineuse
missive, qui deviendra ainsi un véritable journal...
Lorsque nous nous sommes installés ici, il y a trois
jours, je vous ai relaté en détail tout ce qui nous
était arrivé dans les bois, et comment mes compagnons, qui portaient à tour de rôle votre pauvre
Max, épuisé et blessé, s'étaient trouvés enfin,
presque inopinément, sur la lisière de cette forêt
immense, qui avait failli devenir mon tombeau,
car Claude affirme que j'aurais très bien pu me tuer
dans ma chute ; je vous ai raconté la fameuse découverte qui nous retient en ce lieu, et les espé-
rances qu'elle nous avait fait concevoir. Ces espé-
rances deviennent chaque jour de belles et brillantes réalités, et je vous le répète, nous voici
à la tête d'une jolie fortune. Car autant dire qu'on
la possède, cette fortune, quand on est si près de
l'acquérir.

Je suis tout à fait rétabli maintenant. Mon en-
torse n'était qu'une simple foulure, et Fred a su
la guérir, avec des compresses d'eau fraîche et
d'herbes pilées, c'est un excellent garde-malade et
un fidèle domestique, ce bon Fred, nous l'aimons

comme s'il était de la même couleur et du même pays que nous. Il nous le rend bien, et l'on ne saurait voir trois êtres plus unis.

Notre cabane est presque entièrement construite, nous serons logés aussi confortablement qu'à Ballarat. Pour la nourriture, c'est autre chose, et votre gourmand de Maxime, trouve la vie dure; mais de ce côté encore tout est pour le mieux, puisque nous avons l'espérance de manger notre pain blanc le dernier.

En arrivant ici, notre premier soin a été d'inspecter nos sacs et de faire un inventaire exact de nos richesses. Nous avions, à nous trois, deux paires de bottes, un peu de linge, deux pantalons de rechange, deux bêches ou pelles en fer à manches courts, une petite pioche, un plat à laver la terre, deux fusils, quelques livres de farine, une poignée de haricots secs, une ou deux onces de café non moulu, et une petite provision de poudre et de plomb.

Vous voyez qu'avec cela on peut vivre partout.

Il est convenu que chaque jour deux d'entre nous creuseront la terre, tandis que le troisième ira à la chasse, s'occupera de la cuisine et des détails du ménage.

Mais comme à présent nous craignons autant d'être découverts, que nous l'avions désiré quand nous errions dans les bois, nous avons résolu de ne faire usage de nos armes à feu que dans le cas d'absolue nécessité, et de chercher, si c'est possible, à prendre le gibier au piége.

Il ne faut pas nous exposer à voir arriver ici une partie des mineurs de Ballarat.

— Oh! les égoïstes qui veulent tout garder pour eux? allez-vous vous écrier, Mesdemoiselles. Oui, je sais bien que notre conduite n'est pas très gén'reuse. Mais aux mines, chacun travaille pour soi, et je me trouve d'ailleurs dans une position toute particulière. Je suis faible et les autres sont forts, je suis un enfant et je lutte contre des hommes; on m'a ravi l'héri'age qui m'appartenait, et je ne puis retourner auprès de vous les mains vides.

Travaillons donc et que Dieu nous soit en aide. Jamais je n'ai eu si besoin de sa protection, jamais je ne l'ai sollicitée avec tant d'ardeur et de confiance.

Dès le premier jour, Claude et moi nous avons inspecté les bords du ruisseau, et cherché l'endroit le plus favorable pour commencer nos fouilles. Après quelque hésitation, nous nous sommes décidés à creuser à l'endroit même où mon cher compagnon à découvert le nugget. Nous n'avons point à nous en repentir, si nous ne faisons plus de semblables trouvailles, du moins nous travaillons au milieu d'une véritable poussière d'or. La terre en est imprégnée et toute brillante.

Cependant ceci n'est point une mine, un champ — gold field — comme à Ballarat, c'est un gise-

ment isolé et peu considérable. Il n'a ni filons, ni
ramifications, ni embranchements. Il suffirait d'une
dizaine d'hommes pour épuiser cette plaque étroite,
qui ne conduit nulle part et ne se relie à aucun
des grands centres. C'est ce que les mineurs appellent une tache ou une poche — patch ou pock — et,
du moins, telle est l'opinion que je me suis
formée de notre gisement, après l'avoir examiné
aussi bien que me l'a permis mon peu d'expérience.
C'est seulement auprès de notre tente et sur les
bords du ruisseau que j'ai reconnu la présence de
la terre aurifère. Un peu plus haut, le sol est d'une
nature toute différente, et plus bas, le ruisseau va
se jeter dans l'étang, dont la berge se compose d'un
terrain mou et vaseux, qui ne ressemble en rien au
Washing-stuff.

Lundi j'ai travaillé avec Fred, mardi avec Claude,
aujourd'hui c'est moi qui soigne le ménage, je dois
laver la vaisselle, préparer le dîner et le servir sur
la table. Si mon ami Claude s'est décidé à me permettre de m'acquitter de ces humbles soins, c'est
parce qu'ils sont moins fatigants que le métier de
mineur. C'est jour de liesse que celui où l'on a le
droit de cuisiner.

Ce matin, je ne voyais point la possibilité d'offrir
à mes compagnons un repas appétissant. Les provisions se composaient d'un quartier de kanguroo-
rat, petit animal de la grosseur d'un lapin, à
chair insipide, détestable, et de quelques jamboses

fruit rouge, aigrelet, qui a un faux air de cerise,
et me fait songer avec envie à nos délicieux bigar-
reaux de Saint-Albin. Pas de pain, pas de sel. En
vérité, vouloir faire avec cela un dîner passable,
c'était entreprendre une chose impossible. Le meilleur cuisinier y eût perdu son latin.

Tout en méditant aux moyens de varier un peu
ce triste menu, je descendis auprès du lac, ou
étang, ou marais dont je vous ai parlé. Arrivé là,
je m'assis sur la berge. Il était dix heures à peine ;
et j'avais beaucoup de temps devant moi. Je tour-
nais et retournais cette grave question dans mon
esprit : fallait-il braiser, rôtir ou fricasser le
kanguroo-rat?

Je venais d'opter pour un rôti, lorsque j'aperçus
une bande d'animaux fort étranges qui se jouaient
parmi les plantes aquatiques, et s'avançaient vers
moi en nageant avec beaucoup de grâce et d'agilité.
De peur de les effaroucher, je m'abritai derrière un
buisson de mimosas, et je me mis à les examiner
avec autant de surprise que d'intérêt.

C'étaient de singuliers petits êtres. Leur tête
poilue, étroite, petite, semblable à celle d'une taupe,
se terminait antérieurement par un énorme bec de
canard. Leur corps, cylindrique, allongé, comme
celui des phoques, était couvert, ainsi que la partie
postérieure de la tête, d'un poil roux, lisse et court.
Le tout se terminait par une petite queue aplatie.

Comme ces intéressants animaux prenaient, en

5

leurs ébats, une foule d'attitudes, qu'ils faisaient le plonge a, puis soudain reparaissaient et se couchaient doucement sur le dos, il me fut facile de les considérer minutieusement.

Ils avaient quatre pattes, des jambes fort courtes, des pieds munis de membranes assez semblables à des nageoires. Ceux de derrière étaient pourvus d'un ergot comme les pattes de nos coqs, et l'on prétend que cet ergot est venimeux. Si j'ajoute ces derniers mots, c'est parce que, grâce aux leçons de M. Dubourg, au souvenir duquel je vous prie de me rappeler, il ne m'avait pas été difficile de donner un nom à ces bizarres créatures.

C'était des ornithorhynques, une curiosité particulière à la Nouvelle-Hollande, un quadrupède ovipare, un animal à quatre pattes qui pond des œufs.

Des œufs! en songeant à ce friand régal, je poussai un cri de joie qui effaroucha mes ornithorhynques et fit fuir toute la bande. Peu m'importait ce n'est point à eux que j'avais affaire.

Je me levai et je commençai à explorer la berge, avec l'intention bien arrêtée de faire le tour de l'étang, si besoin était.

Ce ne fut pas nécessaire. Au bout d'un quart-d'heure, je revins triomphant à la cabane avec mon chapeau rempli d'œufs d'ornithorhynques. C'est moins succulent que des œufs de poule, mais cela se mange avec plaisir. Accommodé aux fines herbes, c'est, au dire de mes compagnons, un mets de haut goût. Ils ne se doutaient de rien, mes amis, quand j'allai leur emprunter le plat à laver la terre; Claude dit en riant : Il paraît que le kanguroo est cuit dans son jus. Aussi montra-t-il une belle surprise en apercevant cette omelette jaune et brillante, toute émaillée de pourpier vert et de persil odorant. Car il est bon de vous dire que le persil et le pourpier croissent naturellement dans la Nouvelle-Galles et qu'on en trouve partout.

CHAPITRE X

SUITE DU JOURNAL DE MAXIME.

Bon oncle, mes chères petites sœurs, ma dernière lettre est à la poste. Vous la recevrez, vous la lirez. Combien je regrette de vous l'envoyer inachevée. Si j'avais pu prévoir qu'elle partirait sitôt, que de choses affectueuses, que de tendresses, que de baisers je vous aurais envoyés à la fin. Mais j'étais loin de me douter que nous avions des boîtes aux lettres dans notre voisinage. Voici comment j'ai fait cette découverte.

Hier matin, le bon Claude me dit en déjeunant :

— M. Maxime, j'ai idée de rendre visite aujourd'hui à nos voisins les colons ou les mineurs. Notre

provision de poudre touche à sa fin, ces aliments
sans sel sont détestables, et sans vouloir dépré.ier
les œufs de bêtes à quatre pattes, je puis bien
avouer que je mangerais volontiers une côtelette de
mouton. Donc, si vous le permettez, j'irai m'appro-
visionner chez les voisins.

— Nous irons tous ensemble, Claude. Vous pour-
riez vous égarer, ainsi ne nous séparons point.

— M'égarer, M. Max? impossible; je ne perdrai
pas de vue notre ruisseau.

— N'importe... en allant tous trois...

— Trois hommes, Monsieur? Est-ce prudent?
On nous remarquera, on nous suivra et adieu les
millions.

— Alors qu'un de nous reste ici, et que les
deux autres aillent à la découverte.

— Soit, puisque vous y tenez. Ainsi Fred de-
meurera?

— Oui, dit le nègre, avec plaisir, car Fred n'a
point envie de retourner dans les bushs.

— Très bien, mon garçon, restez, et faites en
sorte que l'on ne nous vole point pendant notre
absence, lui dis-je en riant.

— Nous voler! minute! cria Claude. Moi d'abord
j'emporte la moitié du magot. Ce sera toujours
autant de sauvé, s'il arrive malheur au reste du
trésor.

— Craignez-vous que Fred ne l'enlève?

— Non, monsieur, mais bien qu'il ne se le laisse enlever.

— Par les ornithorhynques ou les kanguroos?

— Par les bushrangers, M. Max.

— Oh! oh! les bushrangers à longues barbes, les coureurs de buissons, les Fra-Diavolos australiens! Est-ce qu'il y a des bushrangers, d'abord?

— Dame, Monsieur, on en parlait au camp. Enfin, pour plus de sûreté, je vais faire du magot deux parts égales. Fred prendra l'une et nous emporterons l'autre. Maintenant faisons nos préparatifs, et surtout occupons-nous de notre toilette. N'ayons pas l'air sauvage, n'allons pas en pays civilisé comme une paire de cannibales, car la police se mettrait à nos trousses, et nous verrions bientôt notre pauvre secret éparpillé à tous les vents du ciel.

Claude avait raison, mais ce ne fut pas sans peine que nous parvînmes à donner à nos vêtements un aspect propre et confortable. Pourtant, lorsque nous eûmes chaussé les bottes des dimanches, échangé nos pantalons de travail contre ceux que nous avions en caisse, et revêtu du linge, sinon artistement repassé du moins parfaitement blanc, Fred déclara que nous avions tout à fait la tournure de deux gentlemen.

Sur cette assurance, nous prîmes nos fusils et nous partîmes.

Le voyage fut peu agréable. Jusqu'à midi, il nous

fallut patauger dans la boue, dans les herbes humides et la terre spongieuse. Des deux côtés du ruisseau, le sol était extrêmement marécageux, et nous tenions à ne pas perdre de vue cette eau qui charriait des bouchons de liége, des bouchons de bouteilles, des bouchons de France peut-être.

Il allait être une heure après midi, lorsque nous aperçûmes une verte et vaste savane qui s'étendait jusqu'à l'horizon. Elle était solitaire et silencieuse, elle n'avait été ni cultivée ni fauchée. Elle n'offrait aucune trace de drainage. La main de l'homme ne se montrait nulle part. Pourtant quelque chose me disait que ce n'était plus le désert, m'avertissait que cette splendide solitude avait été conquise par les colons et subissait leur joug. Telle fut aussi l'impression de Charles, qui se tourna vers moi et me dit avec des yeux brillants et un geste d'ogre affamé.

— Tiens, je crois que nous approchons du pays des cannibales. On sent la chair fraîche ici.

Comme pour lui répondre, un son argentin se fit entendre à quelque distance. Quoique clair et doux, ce son était si faible, si peu distinct, que nous n'osions en croire nos oreilles, et que j'accusai la brise, qui nous l'apportait, de nous enduire en erreur.

Nous nous arrêtâmes pour écouter. Le bruit argentin passa encore au sommet des hautes herbes, et arriva jusqu'à nous, avec plus de précision et de netteté que la première fois.

— Drelin, drelin, drelin! cria Claude en prenant ses jambes à son cou. C'est la clochette des béliers. Plus de doute, nous sommes en pays civilisé. J'ajoute même en pays allemand, car les Anglais n'ont pas tant de sonnerie. Ces clochettes-là ont d'ailleurs une voix connue. Elles semblent tinter le ranz des vaches. Les entendez-vous, M. Maxime? Eh! ne sonnez pas si fort! On y va, on y va! Il faut le temps d'arriver.

Moins d'un quart d'heure après nous aperçûmes un magnifique troupeau qui paissait sous la garde d'un pâtre, assis dans l'herbe, la tête appuyée sur sa main et le coude sur ses genoux, en homme habitué à converser avec lui-même.

Sur une petite éminence, était placé le chalet qui avait une guirlande de volubilis en fleur sur sa façade principale.

— C'est un Français, dit Claude en me poussant le bras. Il a une blouse et un bonnet de coton. Bonjour, mon brave homme, cria-t-il de son air le plus aimable.

— Ponjour, Monsir, répliqua le pâtre avec un gros sourire gai et placide.

— Monsir, ah! j'y suis. Tous Allemand? dit Claude qui cherchait à imiter l'accent de son interlocuteur, dans l'espoir de se faire mieux comprendre.

— Non, non, Halsassien, repartit l'homme à la houlette.

— Alsacien? Comme ça se trouve! Nous sommes compatriotes, mon bon ami.

— Je m'en doutais, dit le berger sans cesser de sourire.

— Pourquoi cela?

— Parce qu'il n'y a guère que des halsassiens à Muldorf.

— A Muldorf? qu'est-ce que Muldorf?

— Le village que vous habitez probablement, car c'est le plus rapproché d'ici.

— Ah! il y a un village près d'ici? répéta Claude avec un joyeux étonnement.

— Il y en a beaucoup. Est-ce que vous l'ignoriez?

— Oui... c'est à dire... nous sommes étrangers, brave homme, et c'est la première fois que nous traversons ce pays... Vous dites qu'il est peuplé de colons alsaciens, ce pays?

— En grande partie, j'usquà la plaine de Meredith...

— Quelle plaine? interrompit Claude stupéfait.

— De Meredith, Monsieur. Une colonie superbe... des terres bien cultivées

— Eh quoi! nous sommes aussi près de Meredith?

— Est-ce le lieu de votre destination? Assurément vous n'en êtes pas éloignés. Mais il vous faudrait un guide. Il est vrai que vous vous en procurerez un facilement.

Le pâtre nous invita ensuite avec cordialité à nous reposer dans son chalet, et nous acceptâmes sans faire de façons

La maisonnette était jolie, agreste et d'une pro-

preté alsacienne. Nous dinâmes dans une petite vé-
randah, en compagnie d'un gros chat gris et d'une
demi douzaine de poules. J'achevais m n repas, lorsque j'aperçus une sorte de coffre attaché au mur
extérieur.

— Qu'est ce que cela? dis-je à notre hôte.

— La boîte aux lettres, monsir.

— Ah! la boîte... aux lettres, balbutia Claude
et le facteur vient dans ce désert?

— Tous les deux jours, repartit l'Alsacien.

Comme nous nous regardions avec étonnement, il
reprit.

— Oui, tous les deux chours. Lundi et pas mardi,
mercredi et pas jeudi. Ainsi de suite.

— Alors il viendra?...

— Temain, monsir.

— M. Maxime, me dit Claude à demi voix, écri-
vez aux amis pendant que je m'occuperai des provisions.

Il sortit avec le berger, et je me mis en devoir
d'adresser quelques lignes à M. Harris, pour lui rendre compte de notre situation, et pour lui demander
où en était l'affaire du testament. Je le priai d'a-
dresser sa réponse à Neudorf, aux soins de M. Hans
Muller.

Tels étaient les noms de notre hôte et de sa propriété.

J'ajoutai ensuite quelques mots à la lettre que je
vous ai écrite mercredi, cher oncle, et je déposai le

tout dans la boîte en priant la divine Providence de permettre que ces paquets arrivassent à leur adresse.

Je vous ferai parvenir cette lettre-ci et toutes celles que je vous enverrai d'ici, par la même voie. Dieu veuille qu'elle soit sûre et bonne.

CHAPITRE XI

SUITE DU JOURNAL DE MAXIME.

Cher oncle, notre trésor grossit, notre position s'améliore, nous sommes en vérité très heureux.

Claude a acheté à Muller, et payé en nuggets, deux énormes sacs de provisions que nous avons eu grande peine à traîner jusqu'ici. Nous avons maintenant du pain, de la viande de boucherie, et même quelques bouteilles de bière et de vin.

Vous voyez que nous ne sommes point à plaindre. Aussi, bien que le travail soit pénible, les bénéfices sont si considérables, que nous n'avons qu'à remercier Dieu.

Nous possédons quatre cents livres d'or environ. Il ne se vend en ce pays que douze cents francs la livre, ce qui nous fait à chacun plus de cinquante mille écus, car il est bien entendu que la part de Fred est aussi considérable que les nôtres.

Je trouve que nous sommes assez riches comme cela, et qu'il est temps de partir, mais Claude ne veut pas en entendre parler. Depuis qu'il a cent mille francs, il tient à devenir millionnaire. Il se propose d'acquérir une fortune colossale, et d'en léguer les trois quarts de son bien à faire de bonnes œuvres. Il a le projet d'élever à Saint-Albin, une église magnifique, et un hospice pour les vieillards, qui servirait en même temps d'asile aux voyageurs indigents.

Chaque soir, quand nous nous reposons auprès de notre tente, mon ami me fait dessiner à la plume le plan de son église et celui de son hôpital. Il veut que le temple saint soit à flèches, à colonnes, à dentelures, à ogives. Une vraie basilique du moyen-âge, avec un grand tableau dans le chœur représentant saint Claude, au moment où il dépose la crosse et la mitre, pour revêtir le costume de moine.

J'ai réussi à mettre assez exactement son idée sur le papier, mais je ne comprends pas aussi bien sa pensée au sujet de l'hospice, de l'hôpital Astier, comme il veut qu'on le nomme. Il a hésité un instant entre ce nom et celui d'hôpital Claudien, enfin cette dernière dénomination a été rejetée comme bizarre et peu euphonique.

Ces dessins ne sont pas les seuls que j'esquisse. J'ai crayonné deux ou trois vues de notre vallée, pour les offrir à mes sœurs qui, je le sais, seront heureuses de les enfermer dans leurs albums. Cela

n'a aucune valeur artistique ; mais sous le rapport de
la ressemblance, on ne saurait mieux faire.

J'ai tout reproduit : la cabane rustique, le ruisseau murmurant, l'étang aux ornithorhynques, la
forêt mystérieuse et sombre. J'ai même placé dans un
coin, notre Fred couleur d'ébène, et Claude tenant à
la main la bêche du mineur et du jardinier.

Car vous ne savez pas ? nous avons un jardin. Il
n'est pas beaucoup plus grand que la jupe de Clotilde, mais ce n'en est pas moins un jardin. Fred
s'est procuré des graines chez le berger, et dans un
mois nous mangerons des salades.

Nous avons déjà des fèves excellentes et des igna-
mes farineuses. Ces légumes croissent ici, sans culture, dans les lieux les plus sauvages. Notre pota-
ger a pour clôture une haie touffue, composée avec
ces jolies bruyères à fleurs blanches et roses, qu'on
cultive dans les serres en Europe, sous le nom
d'épacris. De gros buissons de géraniums pourprés,
à feuilles odorantes, se mêlent à la douce verdure
et aux fraîches clochettes de ces bruyères des tro-
piques. Le ruisseau enlace notre domaine, autour
duquel il forme de gracieux méandres, de sorte que
chaque soir, nous avons la visite des perroquets qui
viennent y faire leurs ablutions.

Il y a cinq ou six familles de ces charmants
oiseaux qui ont élu domicile dans notre voisinage.
C'est pour nous une véritable distraction. Ces nids
dont je pourrais m'emparer, que je vois chaque jour,

ne sont pas un des moindres charmes de notre solitude. Je m'intéresse à ces demeures aériennes, à ces
retraites mystérieuses faites entre ciel et terre ; je
grimpe sur les arbres pour compter les œufs, pour
voir naître et grandir la plume sur les ailes des
petits. Je connais le père et la mère à leur voix, à
leur costume, à mille autres indices, et il est tels et
tels de ces chefs de ménage qui commencent à se
familiariser avec moi. Il y a une grosse perruche
verte et rouge, à l'air aussi commun que son plumage, qui vient becqueter à mes pieds les morceaux
de pain que je lui offre.

La commère! elle n'est ni timide, ni craintive,
et sa voix glapissante domine souvent toutes les
autres. Bonne personne, du reste elle n'a jamais de
querelles avec ses voisines. On n'en saurait dire
autant d'un certain madré, sournois, rusé cacatoès
blanc et or, dont le cri, semblable au clairon, donne
habituellement le signal du combat. Je vois ce
drôle au milieu de toutes les discussions, à la tête
de toutes les batailles. Hier, il traînait fortement
l'aile gauche, je soupçonne qu'il avait reçu quelque mauvais coup. Sa compagne, belle et douce,
mignonne, toute blanche avec de petites tâches rouges qu'on pourrait prendre pour un semis de rubis
balais, n'entre point dans ces discussions et ne
quitte guère son ménage. Il est vrai qu'elle a à
nourrir cinq petits affamés, qui crient matin et soir
comme si les plumes ne leur poussaient pas assez
vite.

Je connais intimement une jolie perruche blanche, fine, mince, élégante, qui niche à deux pas de notre jardin. Je l'ai appelée Juliette, soit dit sans offenser personne, non point parce que ma petite sœur lui ressemble, mais parce qu'elle ressemble à ma sœur, ce qui est bien différent. Sa tête est de la couleur des blés mûrs — ma charmante Juliette, tes cheveux sont moins blonds, — son plumage est d'un blanc pur mat, sur lequel tranchent deux cercles bleus, l'un autour du cou, l'autre vers le milieu du corps.

Mes petites sœurs, que vous en semble? N'est-ce pas Juliette en costume de fête, Juliette avec sa blonde chevelure bouclée, sa robe blanche, son collier de perles bleues, et son écharpe de gros grain, bleue aussi?

De toutes mes voisines emplumées, la plus magnifique est sans contredit celle que j'ai surnommée la veuve à cause de son humeur sombre et de son costume de deuil. Elle est grande et belle, et elle appartient à la famille des cacatoès. Son plumage, d'un violet foncé, est superbe à voir. Elle a une longue queue traînante, toute noire, et une petite aigrette blanche comme neige, sur sa tête plus noire que l'ébène. Quand elle vole, vous diriez une pensée gigantesque entraînée par la brise.

Il est un autre joli petit ménage que je ne veux point passer sous silence. Figurez-vous deux mignons perroquets gris et rose. Des perroquets, que dis-je? Ce sont des fleurs, des pierreries, quelque chose d'éblouissant, d'indescriptible. Cela est gros comme une fauvette, et plus brillant qu'un couple de colibris. Il est impossible de rien imaginer d'aussi gracieux. Si ce n'était une cruauté et une indigne trahison, je m'emparerais de la progéniture de ces délicieux petits êtres et je l'emporterais en France. Mais il faudrait n'avoir pas de cœur pour commettre un semblable larcin, pour désoler ces ravissantes créatures. Puissent-elles être heureuses et élever paisiblement leur jeune famille. Puisse Dieu leur rendre le plaisir qu'elles me donnent chaque jour, et ne leur mesurer ni le soleil, ni les baies, ni la verdure.

CHAPITRE XII

SUITE DU JOURNAL DE MAXIME.

Mes sœurs, vous souvient-il de ce temps heureux où nous lisions ensemble Robinson Crusoé, dans le vieux jardin, sous les grappes rouges des pêchers, et les thyrses blancs des poiriers?

C'est Clotilde qui tenait le livre. Assis tout près d'elle, Emma et moi, nous penchions contre la sienne nos figures émues, tandis que Juliette, qui ne savait

point épeler, se roulait derrière nous, et remplissait son tablier de ces jolies fleurs incarnat qui, sans
elle, fussent devenues des pêches. Vous rappelez-
vous quel trouble, quel grand frémissement s'empa-
raient de nous, quand nous en étions à ce passage?
« Il arriva qu'un jour à midi, comme j'allais sur
mon canot, je découvris très distinctement sur le
sable les marques d'un pied d'homme. » Certes,
nous n'avions rien à apprendre, nous eussions pu
dire, mot pour mot, ce qui allait suivre, car nous
avions déjà lu le livre vingt fois, et nous n'ignorions
pas le plus insignifiant détail; pourtant cette phrase
nous faisait encore tressaillir, et une profonde
appréhension nous serrait le cœur. C'est que ces
mots, qui n'ont l'air de rien, prennent de terribles
significations dans certaines circonstances.

Eh bien, mes petites sœurs qui lirez cette lettre
en même temps, vos têtes penchées, appuyées l'une
sur l'autre, sachez que Fred a découvert très distinctement sur le sable les marques d'un pied,
d'homme, des pieds chaussés, des pieds d'êtres
civilisés.

Des mineurs? ils seraient restés, ils nous auraient
éveillés.

Mes pauvres amis sont entièrement déconcertés
par cet incident. Claude a prononcé le mot
bushrangers, et Fred a roulé ses gros yeux d'un air
fort alarmé.

. Enfin nous ferons bonne garde, et nous verrons bien à qui nous avons affaire.

CHAPITRE XIII

SUITE DU JOURNAL DE MAXIME.

Ce sont des bushrangers! mon oncle, quel malheur, et comment vous conter ce triste événement? Notre trésor! le fruit de tant de travail, de fatigues, de souffrances...! ah! cette dernière épreuve est terrible, et je demande chaque jour à Dieu de me faire la grâce de la supporter chrétiennement.

Il faut vous dire qu'il y a un peu plus d'une semaine, j'étais allé sur la lisière du bois, pour essayer de tuer un kanguroo ou une sarigue, car nos provisions étaient épuisées, et nous avions résolu de ne plus retourner chez Muller de peur d'éveiller l'attention.

J'avais fait à peine vingt pas dans la forêt, lorsque je me trouvai inopinément en face d'un homme qui fit un geste de contrariété en m'apercevant, et s'éloigna avec précipitation, après avoir soulevé légèrement son chapeau à larges bords.

Cette conduite me donna fort à penser car si deux hommes se rencontrent en ces lieux déserts,

ils commencent par se serrer la main avec effusion.
Pourquoi celui-ci me fuyait-il?

Dès que je fus de retour à la cabane, je parlai de
cette étrange rencontre à mes compagnons qui pio-
chaient du meilleur de leur cœur.

Fred, bon catholique, se signa dévotement, et
Claude prit un air pensif.

— Nous sommes découverts, dit-il.

— Oui, répliquai-je, mais par qui? voilà la
question.

— Oh! fit-il, ce sont des bushrangers, je n'en
doute nullement. La question pour moi est de savoir
combien ils sont, s'il y en a deux, trois, quatre
même, nous ne risquons rien. Mais s'il y en avait
cinq, s'il y en avait dix...

— Il n'y en a pas dix, mon cher Claude, je n'en
ai vu qu'un.

— Vous n'en avez vu qu'un, et vous concluez de
là qu'il n'y en a pas dix! Le beau raisonnement,
M. Max. Tenez, m'est avis qu'il faut déguerpir.

— Comment, à propos de rien?

— Ce n'est point à propos de rien; d'ailleurs il
est temps de partir. La veine s'épuise, et nous
avons près de six cent mille francs, ce qui divisé
en trois parts.....

— Pourquoi en trois parts? interrompit le nègre.
Fred ne veut pas de nuggets, Fred n'en a pas besoin.

— Fred aura sa part comme les autres, dit
Claude d'un ton d'autorité, et s'il n'est pas content,

nous le ferons occire par les bushrangers. — Ainsi,
M. Max, c'est convenu, nous allons retourner d'a-
bord à New-Mâcon, en passant par Neudorf, où
nous attend peut-être une lettre de cet excellent
M. Harris.

— Mais, mon très cher ami, n'est-il pas ridicule
de fuir devant une ombre?

— Devant l'ombre de Banka, ce n'est que sagesse,
M. Maxime.

— Ah voilà! c'est le Javanais maintenant; vous
ne songez pas aux bushrangers.

— Pardonnez-moi, Monsieur, mais je crois que
Banka et bushrangers pourraient bien être synoni-
mes. Comme je n'avais pas aucun motif pour pro-
longer mon séjour dans ce désert, je ne fis pas
d'objections, et il fut convenu que nous partirions
à l'aube.

Chaque nuit depuis quelque temps, l'un de nous
faisait sentinelle, et ce soir-là, c'était à mon tour
de monter la garde,

Par hasard, j'avais extrêmement sommeil, peut-
être à cause de la pesanteur de l'atmosphère. La
nuit était sombre, orageuse, sans étoiles, sans lune.
Vous n'eussiez pas distingué votre meilleur ami de
votre plus cruel ennemi, sa main eût-elle été dans
la vôtre.

Je faisais d'énergiques efforts pour combattre la
torpeur qui me gagnait: je me levais, e marchais, je
m'asseyais tour-à-tour. Mais malgré tout mes yeux se

fermaient, et je voyais bien que j'allais m'endormir.

Pour échapper à cet engourdissement, je sortis et je me promenai autour de la cabane. En arrivant à l'angle du logis, j'allais donner de la tête contre un homme qui, sans s'étonner de l'aventure, passa son bras sous le mien et me dit en anglais :

« Vous voici déjà ivre, Johnston. Ne vous éloignez point. Ils viennent, il faut les attendre et entrer tous ensemble. Nous ferions bien le coup à nous deux, mais les camarades nous accuseraient peut-être auprès de Banka, et lui diraient que nous avons détourné une partie du magot.

Je murmurai quelques mots inintelligibles, et l'homme s'éloigna en disant :

— Attendez-moi, je vais à leur rencontre.

Bien loin de l'attendre, je m'élançai d'un bond dans la cabane.

— Claude! Fred! Habillez-vous. Prenez la bourse et vos armes, voici l'ennemi.

L'ennemi arriva au moment où nous achevions nos préparatifs de défense.

Que vous dirai-je maintenant, mes petites sœurs? Faut-il vous raconter les péripéties de cette lutte et troubler vos jeunes âmes par ces affreux détails? N'en saurez vous pas assez, quand je vous aurai affirmé que je vais bien, et que Claude et Fred sont hors de danger.

Quant au reste... Ils étaient huit contre trois, aussi le combat ne fut pas long. Les voleurs ne tardèrent pas à s'éloigner avec nos pépites tandis que nous étions presque inanimés sur le sol et baignés dans notre sang.

Pendant cinq jours — cinq siècles d'angoisses et de souffrances — nous restâmes couchés dans nos hamacs, privés de tout secours. Claude, qui était le moins maltraité, s'efforçait de nous rendre mille petits services. Heureusement ni les blessures de Fred, ni les miennes n'étaient mortelles. Les bushrangers qui en voulaient beaucoup plus à notre bourse qu'à notre vie, ne s'étaient plus occupés de nous, dès qu'ils avaient eu les nuggets en leur possession. En cela, s'étaient-ils bien conformés aux ordres du Javanais? je ne le crois pas.

J'achèverai cette épître dès que je serai installé à Sydney, où nous irons lorsque nous serons entièrement rétablis. Là je l'espère, nous pourrons gagner assez d'argent pour vivre jusqu'à l'issue du procès que M. Harris vient d'intenter à Banka en mon nom.

CHAPITRE XIV

SUITE DU JOURNAL DE MAXIME.

Nous voici à Sydney, et tous trois nous avons su nous procurer de l'occupation. Claude est commis chez un épicier, Fred est rentré, en qualité de valet

de chambre, dans l'hôtel où il a servi longtemps,
et j'ai obtenu un emploi de caissier dans la même
maison.

Chaque soir, mes fidèles compagnons viennent
s'entretenir avec moi de notre procès. Hélas ! il n'y
a rien de bon à en dire, et mon avocat considère
ma cause comme perdue. Cependant ne désespérons
point.

CHAPITRE XV

SUITE DU JOURNAL DE MAXIME.

Mon oncle, quel étrange, quel triste événement !
Ce malheureux Banka ! je ne puis m'empêcher de le
plaindre, et depuis hier j'ai l'imagination remplie
de pensées lugubres et d'idées noires.

Je rentrais chez moi à la nuit tombante, lorsque
je vis une foule désœuvrée qui se rassemblait autour d'un jeune homme dont la voix aiguë semblait
impressionner vivement l'auditoire. Il tenait à la
main une énorme liasse de papiers qu'il distribuait
aux badauds, lesquels venaient, à tour de rôle,
prendre la petite feuille volante, et déposer quelque
menue monnaie dans le chapeau de l'orateur. Celui-
ci, voyant que je passais outre, m'offrit un de ses

imprimés, en me disant de sa voix la plus glapissante.

— Monsieur, Monsieur, c'est le récit fidèle et
détaillé de la condamnation et de l'exécution du
Javanais Banka Nourhaki. Je m'arrêtai subitement
et le jeune homme continua :

— Qui vient d'être pendu à Melbourne, pour
crime d'assassinat sur la personne d'un de ses domestiques.

Je n'ai rien à ajouter à cela. Mon oncle, mes petites
sœurs, il faudra prier pour ce malheureux. Qui sait
si le repentir ne s'est point glissé dans son âme, et
si le Seigneur ne l'a pas pris en pitié ? La miséri-
corde divine est un abîme, dont on ne peut sonder
la profondeur

EPILOGUE

Saint-Albin en Bourgogne est un très beau village.
On y voit de jolies maisons, des jardins entretenus
avec soin, des vignes qui donnent un vin excellent,
des prairies qui peuvent rivaliser avec celles de
New-Mâcon dans le district de Victoria.

Pourtant ce qui fait la joie, l'orgueil des habitants de Saint-Albin, ce n'est ni leur prairie verte, ni leurs gracieux cottages, ni leurs vignes, ni leurs fruits. Ils ont bien d'autres motifs de se réjouir et de s'énorgueillir Vous en conviendrez avec moi, si vous aviez visité la charmante église et le magnifique hôpital qu'on vient d'édifier en ce petit hameau.

De tous les villageois, Claude Astier est assurément le plus fier et le plus satisfait. Néanmoins, je dois le dire, il se mêle un peu de confusion à la joie du bon fermier, lorsqu'il songe que ces beaux édifices n'ont point été construits avec ses deniers, à lui, mais bien avec l'héritage du squatter. Car le testament a été cassé et la succession attribuée à la famille Derval. Il est vrai que Maxime a bientôt fait de tranquilliser son ami, en lui répétant de sa voix affectueuse, que tout ce qui appartient aux Derval est aussi la propriété de la famille Astier, et Claude finit par se persuader qu'il est de moitié dans cette bonne œuvre.

Comment ne le croirait-il pas? L'hospice est connu dans le pays sous le nom d'hôpital Saint-Claude, et un superbe tableau, représentant l'illustre évêque décore le jubé de la nouvelle église.

FIN.

Limoges. — Imp. E. ARDANT et Cⁱᵉ.

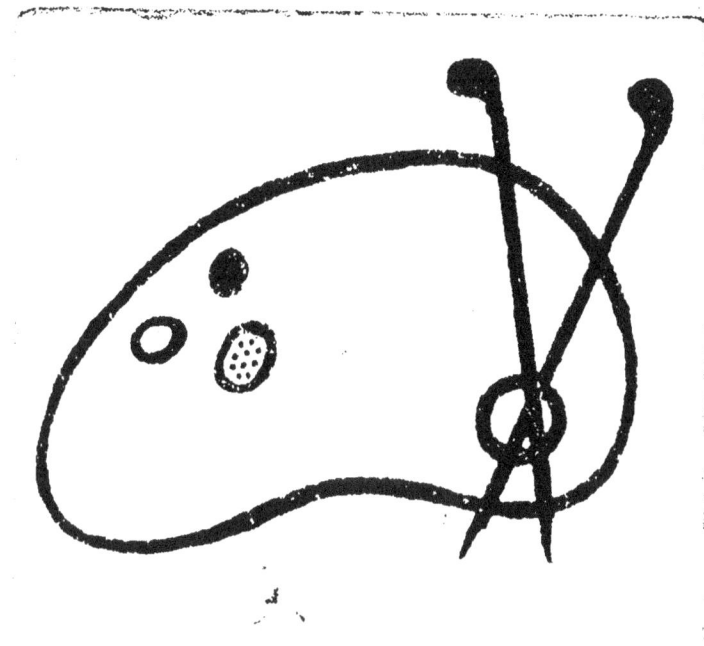

Original en couleur

NF Z 43-120-8

www.ingramcontent.com/pod-product-compliance
Lightning Source LLC
Chambersburg PA
CBHW060830250626
47162CB00005B/2009